1

- La Habana – Cuba en 1930. - Paseo del Prado.-

Symphony

Homenaje a La Ciudad de La Habana

~*~

TONY CUARTAS

*Poemario influenciado sobre la sinfonía No. 6
(Pastoral) de Ludwing Van Beethoven en Fa mayor,
Op. 68.*

-I-Allegro ma non tropo.
-II-Andante molto molto.
-III- Allegro.
-IV- Allegro.
-V- Allegreto.

Ediciones: El Pregonero.

Las ciudades son el sumidero de la raza humana.
(Les villes sont le gouffre de l'especie humaine).

J. J. Rousseau (Emile, lib. I)

La vida de los muertos perdura en la memoria de
*   los vivos.*
(Vita mortuorum in memorea posita est vivarum).

Cicerón.
(Filipicas, IX).

¿Por qué tú que eres música,
la escuchas con tristeza?

William Shakespeare.

A mis padres y mi hija Lilian.

~*~

Y como siempre a Juanita.

Toda mi obra para ellos.

Ludwing Van Beethoven

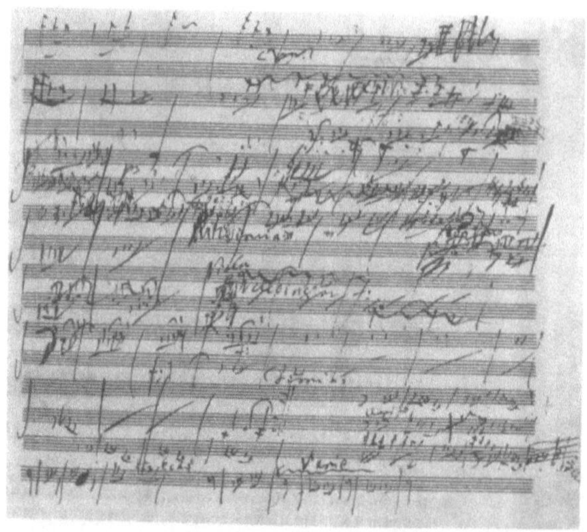

Partitura de la Symphony N°6 (Primera Pastoral manuscrito).

-I- Allegro ma non tropo.

Habana vengo a ti para unirme a tu cuerpo, sentir unos brazos tiernos y tibios como el abrigo de mi madre, es el refugio furtivo entre las calles empedradas, paredes antiguas que nos protegen de los vientos húmedos venidos del mar en las épocas de los inviernos tropicales, que se introducen sin ser invitados.

Mientras el viento se evapora en la distancia de un silencio opaco, que penetra en un suspiro veneciano, era como escoger la humedad evaporada en el espacio, y la ciudad se me iba desvaneciendo en la lejanía de mi propia muerte, ya que las aves *Estinfálidas* (1) eran las sombras que deambulaban en fragmentados ademanes y gestos de algunas que me acompañaban, han escogido el tintinear de la lluvia al caer disgregaba sobre las calles lóbregas y las edificaciones agradecen y sus cuerpos envejecidos serán bañados por esas aguas en este mes de junio sumamente caluroso.

Ya que la lluvia provoca la cristalización de nuevas adivinanzas, cuando el espejo de las aguas acumulada por los charcos, me devuelve mi imagen en crecidas de un chisporrotear danzante de caballos, que marchan a pastar al parque de Trillo, sí por supuesto que se halla en estado de reposo la estatua del general Quintín Bandera.

Hay un fragmento en el espacio, ya que la distancia es un imán giratorio en el entorno, cuando mis pasos prolongan los límites ante el espejo, profundizando en el mar que, sonríe y se detiene en su propio vacío cuaternario. La flecha lanzada queda estática en la línea, en su tintinear espaciado, ya que no penetra en la grada donde aparece la esfera circular, que recorre las calles y solamente se detiene en el muro del malecón, antes de lanzarse en el mar que la devora y después la expulsa junto al sol que, reposa en la línea horizontal.

En ocasiones he oído el frío cantar de la muerte dentro de esta ciudad, sobre las construcciones y entre esas piedras, muy parecidas a *Capadocia* (2) perdida en otro paraje lejano, no deseo recordar.

Quisiera descubrir los misterios ocultados dentro de las edificaciones, me van rodeando, intento introducirme en vericuetos que interceptan mis pasos, pueden surgir aventuras nuevas e inesperadas, encontradas detrás de columnas y puertas entornadas, pueden aparecer escaleras oscuras y sugerentes para amores volátiles como esas estrellas solitarias, desaparecen en el espacio.

Impulsado por la curiosidad dejo que me guíe el andar, froto estás calles recurrentes, me subyugan al simple gesto sensorial y esa humildad me induce a plegarme ante mis muertos, que acompañan mi cuerpo. Puedo ver desde acá sobre el promontorio, el deslizar de las ballenas jorobadas, sus cuerpos van por un mar crispado de un plomizo azul gelatinoso, cuando gaviotas aglomeradas humedecen sus picos, juntos a otras aves de paso, disputan los desperdicios dejados por los cetáceos, mientras prosiguen su marcha a través del vaivén de las aguas.

Soñoliento estoy a pesar que la noche se ha estancado, no percibo su avance, mi cerebro continuo pensando en las imágenes, reflectadas en el espejeado mar atiborran mis recuerdos.

El tiempo es perpetuo e infinito como el espacio. No así el cantar del sinsonte que calla al ocultarse el sol y desplomarse en el horizonte; la noche surge al sentir el olor de la picuala. Todo aparece como la sombra de mis antepasados.

Amanecen mis añoranzas. Ellos se regodean frente al resplandor que provocan los rayos de luz sobre el mar.

Algunas veces me pregunto, ¿qué sería de la eternidad si no existiera el espacio y el transcurrido tiempo?

El mar provoca y emite un ajeno parecer a un musical susurro, las escucho ajeno parecen al transitar por su orilla, donde descansa la ciudad de piedras, voy arrastrando la ceniza con mi andar los deshechos de los muertos, ahí perecen también las mandrágoras y salamandras, sin olvidar a los peces que nadan en los charcos, que mueren juntos a los sumideros.

Poco a poco voy internándome en los intrincados parajes de la ciudad, ella duerme envuelta en su misterio y en su devastación física. Prosigo avanzando mientras la noche se adueña de parajes.

Intento acercarme al viento que trae consigo a la muerte disfrazada de crepúsculos, se recrea con gestos desnudos frente al espejo quebrado, su figura se multiplica en ahogados suspiros, consagrados a eternas sombras errantes que me escuchan.

Transitar entre sombras y veo desgarrar sus cuerpos contra los obstáculos, no puedo evadirlos sólo siento al viento tropezando sobre sus rostros ausentes, y el tiempo se estaciona en el espacio, feneciendo en su propio suspiro.

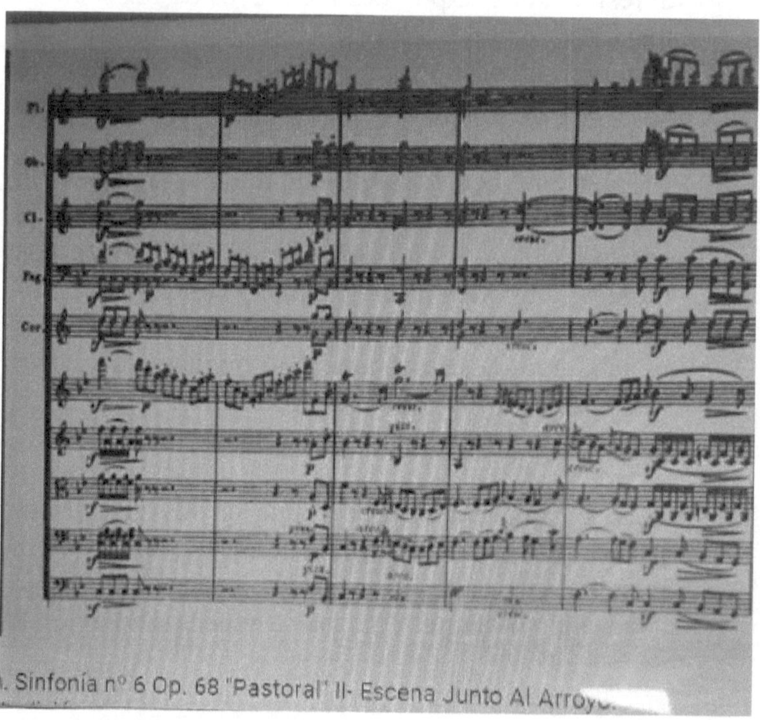

La inmovilidad del tiempo es la inocencia de la lágrima no derramada, pero yo se que ella está ahí en el lagrimar esperando el instante de brotar.

12

¡Oh, madre por favor bríndeme un abrazo!..
Siempre reaparece en mis pensamientos.
¡Oh madre!..
Déjeme dormir en su regazo como antes, aunque sea muy leve el tiempo empleado por usted, ya ve como se fuga a través del río, voy sollozando, yo también lloro junto a las aguas, deslizan su cuerpo por esos barrancos y en ese morir quiero ir.

La noche sigue guardando reflejos ocultos de la luna, continua fulgurándose e intenta resguardarse de silenciosas nubes, vienen por senderos vertiginosos en busca de los rayos lunares, como los anillos trilitos = al monumento de *Stonchenger*,
ciclo metódico (debe esperarse 19 años para que se repita) la persiguen constantemente, provocan con su luminosidad una difusa ondulación en el espacio.
Mientras el mar en un estado desolación parece morir de ausencia, cuando las embarcaciones están ausentes y solo se divisan en la lejanía unos delfines, juguetean sobre las aguas, van en dirección desconocida, ya se alejan sus veloces cuerpos, son una estela de espuma entre las olas. La luz del sol se opaca, casi muere el día. Retrocedo y me interno en la ciudad que apaga mis pasos.
Dejo al mar detenido en su indisoluble balbuceo al caer la cabellera luctuosa de la noche, va frunciendo su boca y engulle a la ciudad que polariza su rostro, al desaparecer la redonda luna entre nubes, andan detrás de su luz. Ellas conspiran en el silencio y se

apilonan y forman un cuerpo compacto, evitan el traspasar centelleante y acuchillado de su luz.

Solo el viento es capaz de cambiar el rumbo de la flecha. Yo no puedo dar en la diana. Este es el fin. Cuando la ciudad se ahoga en los sumideros y va pereciendo en su propio espacio, ha intentado desviar sus pasos, pero el espectro de su muerte se ciñe sobre su cuerpo débil y maltrecho. El mar trata de abrazar la brisa, me uno a ese estrechamiento, siento el agua golpeándome el rostro. La brisa me cubre con su vestuario. Mi la destrucción ella esta ahí ante mis ojos absortos

Derrumbe un edificio de La Habana – Cuba.-

Nuevamente regreso sobre los pasos dejados y la noche marcha al reencuentro con la constelación de

Orión, escabulle su oscuridad en los rincones espaciales de la ciudad envuelta en su devastación. Es un cuerpo volátil, rompe el silencio del sueño y se confunde con la muerte, va apareciendo en evaporadas calles densas de fulguraciones, burla a la marmórea tortuga al doblegar su ovoide cuerpo sobre la arena humedecida, sumerge sus huevos para después retornar el camino dejado.

Su jadeante ambular se consagra al tiempo, cuando el espacio alfilerazo de sus patas, van mordisqueando la brisa penetrada en su respiración, así rompe los misterios y en somnoliento tumulto sus lágrimas mojan la arena, perpetuando su figura en la superficie.

La espesura de los cocoteros y la vegetación van ocultando su moribundo cuerpo, clavetea la esponjosa arenilla, cuando va deslizándose rumbo a las aguas marinas, entreabren su enorme lecho y la tortuga se introduce dejando su antigua morada, pero volverá siempre y desovar sus hijuelos donde ella también nació…

Aparecen detenidas las sombras que en lentísimos pasos van surgiendo a través de las puertas nevadas entornadas, con visible destreza se fue introduciendo el gato gris de pelaje corto, dio unos pasos y después salto evadiendo los charcos de orine del borracho, que estaba recostado sobre la columnas corintias, donde ellas duermen en los portales de la ciudad. La luna hoy no se ha dejado ver. Hay mucha oscuridad, quizás reaparezcan y vuelvan sumergirse entre las tachonadas nubes, que con visibles destreza irán borrando los cuerpos fantasmagóricos ellos aparecen y cruzan como animalejos incrustados en los arrecifes, bordean el malecón y con cariciosas lisonjeras duermen esperando el amanecer y es volver a regresar a las calles de la ciudad al introducirse entre puertas que han una abertura y escalaran inclinadas escaleras oscuras como si fueran los cordajes graciosos de los barcos que descansan en los muelles, entre cordajes y nudos realizados con habilidad.

El agua sumergida,
es el aliento del buey que bosteza y remueve
la soplada vegetación en su sensorial evaluación,
prolongando el movimiento de la figura
impregnada en el espejo,
intenta ocultar el cuerpo del lagarto
al inclinarse el cernícalo
y de un vuelo precipitado,
llevándose al reptil en su pico
degustándolo de un solo bocado.

-oOo-

Symphony N° 6 (Pastoral).

Ya que la obediencia es el dictamen de la sombra,
    que incita al cernícalo a interrumpir
    el romance del lagarto
    que realizaba actos gimnásticos
    e intentaba de convencer a su amada.
    Ahora ella salta a otra rama
    y es escudriñada por el padre del lagarto.
    Ella trata de refugiarse en otro disfraz,
    mientras existen otros murmullos
    por toda la manigua.

El solemne reflejo del sol fluye desdeñoso y la
    mirada enigmática del padre lagarto,

continua penetrando a través de las hojas
del laurel, pero ella sigue obstinada en no
dejarse intimidar subrepticiamente va
desapareciendo entre la vegetación y ya
pasado algún tiempo nunca más fue vista
por los alrededores. El sueño del tiempo
nunca derramo otro murmullo farragoso,
sorprendiendo la destreza del depredador
que, fue capaz de captar a pesar del
simulacro vegetativo, logro llevarse la
presa. La sonoridad de ese sumergir
relajado y el relampagueante, descifrando
el punto exacto para el ataque y el
percibir al más débil de su presa.
Nadie se percato que entre las ramas y arbustos,
surgiera el ave que salió triunfante.

No quisiera morir como *Actión* por cazadores, por
el simple hecho de haber visto a la *Diosa
Diana* desnuda, mientras ella lavaba sus
pies en los arrecifes; habían charcos de
agua depositados entre los enormes rocas
que bordean el malecón.
El mar de volantes aguas cristalizadas,
fundiéndose en semejantes destellos
doblegase ante la brisa consagrada a las
sombras escapadas, alfilerazo en la noche
desolada y ausente de cuerpos, han
escapado de la humilde ciudad y se
refugia en el verdeante rocío.
En ocasiones la bruma es desvanecida por la brisa

y así puedo visualizar algún tratado de
pescar allá a lo lejos, parado sobre los
arrecifes. He venido de diversos parajes
con un vacío agobiante lleno de ensueños,
buscando a mi vieja ciudad como quien
busca a su amada, después que el mar me
lavo los pies, así lo hizo *Kundra* a
Parsifal antes que éste fuera en busca del
Santo Grial, parecido a un etrusco voy al
encuentro con los transeúntes, van con sus
rostros soñolientos al tanto la brisa nos
abraza.

El bostezo del caballo enmudeció cuando vio
surgir a la burladora luna e plenilunio,
sumergida en su propio espacio, ella en su
claridad punzante, intenta aparecer detrás
de algunas nubes esponjosas va
manteniendo su hidalguía y
majestuosidad provoca un resurgir de su
bruñido y abrillantado cuerpo, ella
aparece, va simbolizando la tristeza
extendida sobre la ciudad, con grisáceo
aspecto de dama antigua y desaliñada,
cuando el bostezo entrecortado del
caballo al fin pudo conciliar el sueño
abortado, y no despertó hasta que al sol se
introdujo en el establo y consumo rumor
escucho el cantar del gallo jabato. Es
como oír la sinfonía de *Gustav Mahlar*,
dedicada a la muerte de sus hermanos.

Symphony №6

I Erwachen heiterer Gefühle bei der Ankunft auf dem Lande

-oOo-

Que lejos queda... (1), el infinito no lo sé, quizás
nosotros seamos el fin del espacio, estoy
estático ante el enorme espectáculo y
todo parece igual que el principio de los

días. Yo espero aquí en el mismo lugar,
en el final de los tiempos.

(1)(Santa Teresa)

Ya que la vida es una despedida interminable.
El silencio va agrietando a la ciudad que naufraga
en su propio sueño, al tanto transito por
calles bañadas de sombras, se unen a mí
en intimo presagio de muerte, la soledad
es está misma quietud que persiste en los
alrededores de todos estos cuerpos, que
continúan acompañándose. Esos pasos
que escucho van a fantasmada a su paso,
son una metáfora que nace de la
arbitrariedad y se rige por su modo de
traslación, descubriendo otras
posibilidades, que pudieran nacer más o
menos limitadas y se perpetua en el
espacio y sus relaciones son las mismas
sombras temblorosas, son cisnes
brumosos llenos de invocaciones y de
misteriosos ademanes tristes.

-oOo-

La eternidad es ese río absorto y fugaz que se revela
de su propio cuerpo, así como de su vestimenta
porque su cauce benévolo y bondadoso, donde crece
el romerillo salvaje, adormidera y las distintas
malangas con sus hojas trémulas de inocencia, sin
desdeñar el rompe camisa, el cundiamor y la
verdolaga jugosa y fresca. Pues por ese sendero se

deslizan las aguas subyugantes y espumosas. He tratado de que el tiempo no se me desvanezca, entre un pensamiento y un dejar para más tarde. Ya que hubieron varias generaciones perdidas en mi país. Necesito recuperar ese tiempo por el mismo que fue *Marcel Proust*. No se si ya estamos en el fin del tiempo , pero deseo tener una complacencia conmigo mismo. No miro hacia atrás, continuo y debo aproximarme al rumor del tiempo, él espera en el borde. Yo sigo pensando en el infinito, es un río sin orilla. Es el espejo que refleja los cuerpos en toda su realidad…

-oOo-

Ahora quisiera detenerme y designar el poder germinativo, debo al menor reclamar el suspiro del espejo que, aun disfruta de captar las otras imágenes y esperar, si debo esperar.

El que se fue vuelva a regresar por el mismo sendero de aquel entonces.

…ahora que ha pasado el tiempo y las sombras se han ido filtrando, voy poblando el ocultar errante de la palabra burlada al alzarse la luz de la lna creciente y el frontón de su cuerpo mastica el espacio ocupado por su reflexión, casi ocultada por nubes largas que, se agrupan una entre sí, pues su eterna luz se apropia de la del sol, que la salmodia en litigios amorosos, cuando *Tauro* se entretiene por breves instantes, se detiene en el horizonte al aparecer alborear, ya que las aguas saltan el muro y remoja la avenida del malecón habanero, es ese balbuceo zumbido del avispero en zozobrado y majestosos ademanes.

Y creyentes de la religión *Yoruba su costumbre de* saludar al solen las mañanas:

> *Okún ye dún pabá*
> *Dódu enu ka ka fe*
> *Re okú ado.*

Así como los colores en dicha lengua:

Blanco – *Fun=Obatalá.*
Azul-*Yemayá=Aférere.*
Rojo-*Shango-Púpa.*
Amarillo- *Oshún= Iyeye.*

Pero también escuchamos el canto de las palomas,
　　　ellas descansan y se manifiestan de sus pálidas
　　　noches, cuando aun el sol ausentes de las nubes
　　　largas, disfrazadas de aves que aparecen y
　　　brotan entre otras nubes, pero no están
　　　agujereadas, simplemente vuelan como
　　　caballos
　　　salvajes, guiados por jinetes mongoles, surcan
　　　las llanuras agrestes, pero acá son espaciales
　　　aún están, mientras las palomas esperan en los
　　　salientes de los edificios, hay muchos
　　　paseantes
　　　y apenas las farolas en sus cartilaginosos

postes,
nos enseñan sus bocas encendidas, que como
insectos encandilan nuestros ojos.

Al caer la noche en su recordado silencio y el
espacio desde su desnudez, nos regala el
tintineo intermitente de algunas estrellas
distantes.

Mientras los jinetes continuaron cabalgando en
silencio abandona en su refugio grotesco.
Aun la ciudad no duerme, el sol ha retrasado su huir

n. Sinfonía nº 6 Op. 68 "Pastoral" II- Escena Junto Al Arroyo.

y los colibrí van de flor en flor, aprovechando
este desasosiego del tiempo y van succionando
el néctar que extraen con sumo placer, de las
flores en este mes de junio. Y a la vez entonan
una canción en su acostumbrado en un tono en
un *allegro man non troppo un poco maestoso.*

~*~

Los años pasaban
no había ningún alivio.
Visible el fin.

~*~

Luna desnuda
perdida en su fuerza.
Estática muere.

~*~

Nada detiene
al viento que furioso
mata cosecha.

~*~

-Algunas veces recuerdo una frase de *Franz Kafka:*
¿Qué llevo sobre los hombres?
¿Qué fantasmas me invaden como

una capa?

La preocupación por lo desconocido y el
     reconocimiento por los olvidados.
Se engrandece,
el río ante mis ojos asombrados,
al estar la ciudad bajo la luz lunar,
y los caballos pasaron veloces
por el centro de la ciudad,
cuando el viento pasaba despeinaron
los cabellos de mi amada,
su rostro alegre sonrío a los corceles.
Después apareció el sol y poco a poco se
     desvaneció el susto,
volvió mi amada a peinar su cabellera,
andamos por las calles de la ciudad bajo un
     susurro de un *jazz* tocado por *Louis Amstron*
     y
     cantado por *Ella Fitzgerd.*
Esa noche descansamos en las galerías
acharoladas por la brillantez de las estrellas..

05-24-19- 2:00a.m.

-oOo-

Sostengo mi cuaderno y mis pensamientos,
viene a señalar el pánico que siento en pensar en
     mis muertos,
pues en ocasiones entablo diálogos con ellos,
hablo con mis padres sobre poesía
y otros asuntos muy oscuros,

pues me dice que él también percibe la soledad
    con pavor,
como yo por el enorme vacío que llevamos al
    frente,
sin poder evadir, así la ocurre a mi madre al ver
    como la tarde cae
y se aproxima la noche con sus pasos tétricos y
    morbosos.
Ahora estoy más calmado,
pues mis seres queridos sienten lo mismo que yo.
Todo es igual para todos.

-oOo-

El silencio de la noche me embriaga,
son las 1;20 a.m.
Hay un eterno pavor por el silencio
y un fresco que provoca temblores.
me arrojo sobre el lecho e intento dormir,
amanece las nubes grises ocupan el espacio,
permanece el silencio,
ahí viene la muerte, me busca
y le digo que espero que todos se vayan,
pues deseoestar solo en el silencio de la muerte…

-oOo-

El humo es el asombro de las llamas que no se
        ven,
pues el humo las ocultas para que así no le temas
        al fuego,
invade todo a tú alrededor
y después te envolvera con sus llamas.
El silencio del caballo de fuego no me daja oír,
viene el viento junto con el fuego
y desvasto todo a su paso,
mientras el corcel prosiguió su andar
ante las llamas ardientes y furiosas.
En el vacío absoluto las llamas
son el mismo haz de la luz que nos envuelve
y nos desaparece dentro del espacio inmenso.
Ahora debo olvidarme que asisto
y espero que me devore el *Sanctasanctórum*
y será como el hueco negro del vacío absoluto.

Al morir llegamos al total conocimiento,
por eso hasta que no hayas llegado del saber
debes aguardar y no morir,
pero aquello que han finalizado su vida ante del
        sabe,
aprendeerán al conocer el vacío estelar.

El miedo que siempre me persigue,
es el no poseer el sumo conocimiento,
por eso no quiero que llegue la muerte,
aunque he podido adquirir el verdadero saber.
Eso ma agobia y entristece mi ser.

El insonio ma hace vivir con más emoción
y el miedo se me agudiza al llegar y ver a la
        muerte que me visita,
me saluda y se va. Ya que el miedo es el símbolo,
el terror que nos envuelve y por mucho esfueerzo
        físico y mentalno podemos apartarlo.
Nos aguardaese silencio que antes tú mismo
        cuerpo,
y deja que te sigan llamando,
ya se cansaran y así
sabras si les hace escuchar a los demás,
pues tu silencio es tu verdadera arma de defensa.

-oOo-

La única forma de comunicarte con la eternidad, es
consultar con el plasma de los que se han ido y ellos
podrán informarte como es la vida en la esfera

eterna. Así que intenta dormir profundamente y bien relajado, para poder trasladarte donde están ellos. Son los llamados seres espirituales.

Al dormir es como si se asemejara a la muerte, pues estra en ese estado, podemos llegar al peligro de no despertar y pasar al siguiente lugar que es la misma muerte, ya que creo vivir en la postura evaporaiva, es estar suspendido en el espacio y eso sucede porque ya he muerto, por tal motivo me he agenciado mi libertad y la paz interna.

Siempre he pensado y creo que sería como un cancer metástico en su posición final las religiones, los seres humanos son sometidos a la humillacion, la vejación y el maltrato humano, tan vil como la esclavitud.

Los ejecunates de ese pemsamiento yla forma de actuar, así como decirle a los demás. Ya que la libertad es arrebatada, por aquellos que disponen de las leyes religiosas e impiden tus exposiciones como debemos decidir.

La meta en lo obsoleto en el propio vacío,
ya el descanso portátil de la muerte,
que siempre nos aventaja en la distancia
y la paciencia, ante la espera,
pues al llegar a la meta en la supervivencia
en nuestro tránsito en la vida,
nos hace perder tiempo y por eso el disfrute de la
    vida se nos límita,
haciéndonos descender al mismo infinito,

parecido a un hoyo negro.

Por eso debemos vivir y pensar en el mismo instante
y dejar lo que vendrá después,
Así dsifrutar el propio momento.

-oOo-

Será mi mirada que va hacia la lejanía:

- *Folle et sage (1)*
y así como un *folle, folie (2)*
siento – *die wahre liebe (3)*
pues me siento *nullite d'spirit (4).*
-oOo-

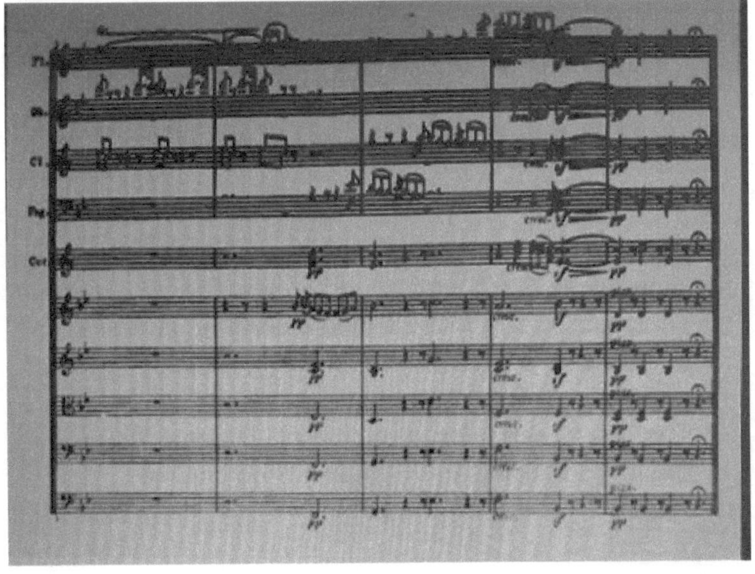

(1)alocada y salvaje
(2)loco
(3)sentimiento grande
(4)nuidad espiritual

-II- *Andante molto molto*.

Playas doradas bañadas por un sol transparente y refulgente de aguas claras, cubriendo el área que abarcan mis ojos azorados y percibir la arena fina bañada de un agua que se diluye en su ir y venir, nuevamente se aleja con premura para después regresar con nuevos mensajes venidos del fondo marino reposado en los suspiros detenidos.

Era el decir *Jean Arthur Rimbaud que:Despuis huit jours, j'aveis déchéré mis bottines aux caillouxs dis chemins...(Hacia ya ocho días que destrozaba mis botas contgra las piedras del camino...)*
Anduve por la ciudad en busca del séptimo silencio apoyándome del perfecto sostenido escrito en el pentagrama, cuando, es el abanderamiento del perfeccionamiento.
Los caballos se fueron reduciendo y se volvieron invisibles, cuando mis ojos vislumbraban la muerte, viene acompañada de algunas sombras que, van disminuyendo su andar entre estrechos espacios que se perciben entre edificaciones grises, agolpados y la lluvia fina volvía a caer lastimosamente. La ciudad se torna envuelta de mucho silencio.
Las arenosas aguas se fueron disgregando semejando a un *andante molto*, mientras las olas nos cubrían los pies y mi amada se fue transparentando, era una figura parecida a una sirena envuelta por la arena, que le semejaba un vestuario sobre su cuerpo, casi adormecido y la tarde empezaba a desvanecerse en el preámbulo misterioso de la noche y unas nubes largas y transparentes muy ligeras, intentaban ocultar la luz de la luna en estado jugoso, eran volantes gestos llorosos de la dama de la noche que, intentaba aparecer a pesar del intento constante de su hermosa figura, ahí en el silencio espacial.
Era el fin de si mismo.
Ya que la procesión enroscada del tiempo se fue esparciendo como un ropón que resguarda de la
    lluvia retenida,

semejando el resplandor de la luna
en sus cadenciosos pasos espaciales,
va arrastrando sus dormidos movimientos,
parecen chasquidos del salivo de mi amada
al murmurar la transformación de la iluminación
        en temblorosa bruma,
mientras la noche monótona su último suspiro,
donde va despertando a la muerte,
que con tranquilos pasos desgrana la nostalgia del
        sueño,
ese que se reincorpora en los senderos andados,
la lluvia sonora como dulce cantico del andar del
        reptil,
que se desliza a través de las hojas secas,
ellas van disfrazadas de mendigo,
así pasan desapercibidas en su recorrido
por las calles de la ciudad bañada y la luz
        disminuida de la luna.
Se Transforman en bruma donde su peregrinar
muerde los desconchados s los arrecifes
al ver las aguas depositarse en sus concavidades
y allí descansan los desperdicios llevados
y allí enmudecían por toda una eternidad…

Los ojos de la escarchada noche colorea los
        cristales,
que burlan y repasan la espaciada oscuridad,
pues la noche interpone su melodiosa flauta
y su sonido se extiende en lastimero despertar
merodeando al ver como el cuchillo se introduce
        en la morada vaina
y allí se inclina sellando el orificio
con fluente fluido que se esparce
y desciende entre las columnas corintias.
Ya que la muerte cierra la verja de hierro crujiente
y sin inmutarse en sus ademanes silenciosos,
va revelando después de haber traspasado el
        obstáculo,
espaciando la intima abertura y se ve como el

cuerpo queda estático,
envuelto en sus invocaciones,
mientras el cuerpo etéreo contempla lo que parecía
    inalcanzable.
Ya que la reminiscencia nos concede la
    permanencia de restablecer el pensamiento,
era volver a reaparecer en la noche que se fue
    avecinando,
irrumpiendo cuando las aguas que,
    intentan inundar las calles casi desiertas de la
    ciudad.
Pero allí reaparecerá la ciudad en otra
    efervescencia espiritualizada en cuerpos en su
    corporalidad,
y eran metamorfoseados en seres que no podrán
    transparentarse en el espejo de azogue ni en
    el metálico.
Es despertar en las mañanas de un sol que volvía a
    desaparecer
y de improviso vinieron las nubes invadir el
    espacio en momentos menos esperados
y nos sorprende una tibia llovizna que fue cayendo
    lentamente,
reflejando un desfallecer de una transparencia
    ascendente,
ella va penetrando en las oquedades de calles
    polvorientas
y de transeúntes desperdigándose debajo de los
    portales
sostenidos por las bellas columnas por bellas
    columnas de disimiles estilos arquitectónicos,

ya que la muerte prescinde de sus cuerpos,
son como la neblina que se aproxima con su
      invisible figura en su danzante andar.

-oOo-

El caracol marchaba entre las calles de la ciudad,
iba evadiendo los obstáculos a través de la avenida
      del malecón,
hacia filigranas para no ser aplastado
para no ser aplastado por los mismos transeúntes y
      los carros
marchaba evitando la muerte.
Era medio día y me hundía entre las calles
      hirvientes de la tarde.

Hay dos lienzos que se destacan en el espacio
y la bruma va despreciando el hundimiento
se va desplazando y trata reclamar el vacío
cuando el peldaño crece en el último salto.

La cascara de limón absorbe el sabor de la leche,
cuando la bandeja de arroz convoca a saborear
y el lentísimo andar del cangrejo va hacía la
      noche,
que lo envuelve y asciende a su tamborilear.
Ya que la noche frota el tercer pelo que lo cubre,
anda con pasos leves y frota la dimensión,
así completa y la entrega al mar.

El búho no quiere ser engañado y descubre,

al nervioso roedor que trata de congelar el silencio
cuando intenta hundirse entre la hojarasca;
trata de completar la huida en sus reflujos.

Ya que la noche frota el terciopelo que lo cubre;
anda con pasos leves y bruñe el espacio,
así completa la entrada al suspiro ahogado.

Al comprobarse que el búho no quiere ser
        engañado y descubre,
el nervioso roedor trata de congelarse en el vacío
intenta hundirse en la hojarasca húmeda que lo ha
        ocultado.

-oOo-

Las aguas fueron incrustándose, golpean el asfalto
y se trasladan con su acostumbrada dormición, pero
la brisa va rodeando a la ciudad en anchuroso
sortilegio. Mientras los muertos convocan a todo el
vecindario, donde la luna reaparecerá al disgregarse
las nubes que, se irán sumergiendo donde se divisa
el horizonte.
Todos nos apresuramos, no se escuchan murmullos.
Hay mucho silencio. Al fin reaparece la luna toda
esplendorosa se me presenta
– símbolo de la muerte o la maternidad
andrógino – hombre mujer
la cabalística 72 es una cifra mágica índice que el
nombre de *Dios* por 72 letras y para los cristianos
puede llevar el apocalipsis defendido por *San Juan*
$7 + 2 = 9$ simboliza la iniciación de la divinidad.

Mi otro cuerpo se ha zambullido en el río
que destila su cariciosa figura – va conjugando la
sustancia que se le iba impregnado en el cuerpo,
cuando el caballo con su arrogante andar penetra
donde cruzo el río que era más caudaloso y arrastra
mucha hojarasca.

-oOo-

Mis pasos deambulan alrededor de los derrumbes
y veo como la oscuridad se aproxima
crece el tiempo según me llevan los pasos,

prosigo a través de la esfera y la cuerda circular
subdivide el diámetro, pero continuo con la
        influencia,
que me propicia la noche junto al entorno
y la similitud entre el espíritu y la corporalidad,
pues la tenacidad de mis pasos sensibles
son la profecía de la maleficencia en la no
        existencia.

El cuerpo ocupa el espacio y es reemplazado
por el viento, mientras la brisa venida del mar y el
        espacio son el otro cuerpo que me acompaña.
Al final aparecía la luz blanca junto al sonido de
        los violonchelos y los córneos franceses e
        ingleses .
Ya que *Era, Atenea* y *Afrodita*, ellas son las tres
        bellezas,
vienen juntas ante mí y vemos la destrucción,
ellas pudieran evaporarse como la neblina
y el espacio impulsado por los vientos alisios
y entonces será otro cuerpo surgido de los fluidos
expandidos en el espacio,
es lo absoluto y lo eterno,
es lo absoluto y lo eterno.
Era, Atenea y Afrodita = las tres bellezas.
Ahora el amanecer resurgió entre las calles de la
ciudad que, permanecían bajo la neblina de la noche
bajo un sopor neblinoso y comprendí que seguiría
aferrado a mi propia muerte, ya que la muerte
seguirían acompañándome en mi travesía entre estás
calles extasiadas de nuevas sensaciones y embrujos.

Ciudad de La habana – Cuba Destrucción.-

-oOo-

El espíritu se fue apoderando del cuerpo,
trataba de esquivar sus invocaciones,
iba con los ojos cerrados y una de sus mejillas
        estaba inflada,
iba con sus brazos extendidos al frente,

se apresuraba y quería abrazar el espacio,
intentaba abrir la ventana que veía ante sus ojos.
Una larga neblina caía sobre la ciudad con trémulo
        suspiro
iba languideciendo en el reborde de los inflados
        edificios,
ya que la fricción del viento venía acompañado de
        un acostumbrado sopor,
que se filtraba a través encendida nariz
y la coriza me impedía respirar con pausa.
Detuve mis pasos y reaparecieron infinidad de
        seres fantasmales,
venían ejecutando un sonido de violín y violas
donde se escuchaba fragmentos de la *sinfonía
        Pastoral,*
me detuve, pues los músicos interceptaban mi
        andar,
mire a mi alrededor y pude visualizar una enorme
        puerta,
gire lentamente la puerta sobre sus goznes
y apareció ante mí un espacio,
introduje mi cuerpo y sentí que la bruñida puerta
        que se cerró detrás de mí.
Había velas encendidas y la luz pasaba por
        hendiduras hacía otras diseminadas en el
        corredor…

-oOo-

A través de los senderos que vertiginosamente, se
        vislumbran al frente, percibiendo infinidad de

objetos y sombras largas y oscuras.
Todo se presentaba ante mí andar, dejando atrás
        los recuerdos
y las reminiscencias
y las imágenes ocupaban el espacio,
se revelaban en el espejo.
Allí también se reflejaban con inusitado esplendor,
ya que el corcel de pasos breves, pero con
        vertiginosa gallardía.
Era como si representara a la muerte de todos los
        antiguos guerreros de las cruzadas romanas.

El asedio del camino lo atrapaba por el traslado de
        la escarchada luz de la luna,
seguía su acariciar estelar alrededor de la tierra,
le daba palmadillas en sus mejillas relumbrantes.
Los fragmentos de la luz se filtraba,
        irremediablemente por una que otras nubes
        que proporcionaban una obertura
        y ella se balanceaba sin hacer ruidos.
Casi me fui arrastrando por las calles semi oscuras
        de la ciudad, que evidenciaba en evaporarse
        en las tinieblas.

-oOo-

Las ánimas de la noche se lanzaron a recorrer las
        calles y comenzaron aumentar según el
        tiempo se apoderaba de los espacios dejados
        por los fantasmas,
así la muerte fue la dueña de la ciudad, que estaba

en esta efervescente y ausente en su delirio.
Se fragmentaba en resplandores por espejos
    ustorios, aposentados por la luna, que
    chispeaba en su suprema elevación espacial.
    Pues el limite estaban en los huecos negros o
    en las burbujas estelares que son infinitas.
Las irradiaciones siguieron saltando sobre la
    ancestral ciudad, sus edificaciones parecían
    que se rendían a la proclamación de la luna,
    iba absorbiendo todo el germen envolvente,
    que se posesionaba de todo lo encontrado en
    el andar.
Era la metamorfosis de la oscuro
    con la luz.
Es penetrar por los subterfugios
    del sueño y la muerte; ella va mordiendo la
    sonrisa del delfín, que salta en el océano y
    presagia el aturdimiento de su presa, así como
    la mirada del pez que va bordeando su
    deslizar en la oscuridad, es como el perro que
    pierde el olfato de su perseguido.

-oOo-

Reabsorbiendo el posicionamiento del espacio que
    se va evaporando, antes de sentir el andar del
    tiempo, va rodeando el sumergir de la muerte,
    cuando escucho la *Sinfonía Pastoral # 6
    Ludwing Van Beethoven* y adelanto mi cuerpo
    y, me aproximo al círculo que formad la
    cuerda que oprime y deforma a la brisa que

intenta poseerlo, lo impulsa donde los seres
etéreos, se escabullen en los rincones menos
sospechados de la ciudad, transportan sus
inquietantes cuerpos donde el agua sumerge
su traslucido ser.

Beethoven, decía sobre dicha obra la *N°6 Symphony*
(Pastoral)-folle et sage = olocada y sabía – fou, folle, fobe =
loco, alocado, locura.
Lo expresado por: *Arthur Rimbaud.*
> *Par les soirs bleus d'été, j'irai dans les sentiers, picotés*
> *parles blé, fouler l'herbe menues…je ne parterai pas, je ne*
> *pensarai rien…et j'irai loin, bien loin, comme un*
> *bohêmien,*
> *par la Nature – heureux comme avec une femme…*
> *(En las noches azules de verano, iré por los senderos,*
> *salpicados de maíz, pisar la fina hierba…No hablaré, no*
> *pensaré en nada… e iré lejos, muy lejos, como un gitano,*
> *por la Naturaleza- feliz como con una mujer).*

El caracol se traslada sin terminar de reconocer su
        contrata al fuego, que irremediablemente lo
        llevara a los preámbulos de la muerte,
        su cuerpo se sumerge con su andar
        despacioso,
        trata de fragmentarse antes de llegar
        a su aposento e incrustarse en su sueño,
        cuando la mariposa se deja acariciar por la
        luz del sol,
        que rodeaba su colorido cuerpo e igualara
         el encuadernar de la goteada lengua del
        lagarto que, va merodeando su sumergir
        en la flor más cercana e inmovilizo su
        aletear.

El azul nocturno de la noche desperezaba la luz de
la luna, ya que habían algunas nubes,
era como si quisieran convertir a la luna
en invisible, solo se notaba su refracción
y no su figura resplandeciente. Persistía el
penetrar y el apetito de la luz aunque fuera
fragmentada y dividida. Los pasos del agua
se reincorporaron en su voraz andar a través
de las calles de la ciudad, ella navega sin
prisa, clasifica su huida, ella simplemente
escapa, va desvaneciendo sus pasos y en
ocasiones remolinase en las intercepciones,
es como si se estableciera en las esquinas,
mientras el sol al amanecer espejeara su luz
en la superficie. En momentos su
chisporrotear venia según el tiempo de
transito. Hay un límite en su espacio
vacío – de invisibles cuerpos troposfera y
estratosfera andar, camina con desmesura
de rapidez, después se detiene y hasta
inclusive se evaporiza y la muerte la rescata
de ese contorno, que la envuelve, aunque
ella escarba y se escabulle por la menor
obertura y es interceptada hasta inclusive se
subdivide en brazos que se dificultan en la
variedad de sus deseos.
Hundirse en el espejo potencia el desdoblar de la
imagen que, se detiene en su líquido acuoso
y vendrá otro instante, ya que el cuerpo al
dejarse refractar por el cristal azogado, era

penetrar en el reflejo de la húmeda muerte
que lo espera.

El antifaz que lleva la muerte para confundirnos,
en la anticipación del semejante suspiro y al
llevarnos a los escondrijos de la penumbra
y reaparece el espanto que nos ablanda en
esta visión somnífera y huraña en su
tránsito hacia la muerte, que algunas veces
pensamos en su insistencia y nos incita
asomarnos al precipicio de lo inexistente y
solo permanecerá la bruma del cuerpo
decapitado por la penumbra del sueño
perfilado que, se fue deslizando y se fue
cubriendo de distintas mutaciones y así
iremos desapareciendo en la oscuridad
absoluta, es como dejar deslizar la moneda
cuesta abajo, hasta que cae o puede
continuar su andar y ya al fin se ahueca en
el vacío eterno, cuando el cuerpo pretende
fugarse de la muerte que lo acedia, sin
poder lograr atrapar. Por eso la espero
sentado en mi sitio de siempre.
-oOo-

La media noche va endureciendo su entorno,
mientras la ciudad permanece estática en su
taciturnidad, repliega su andar a través de
estás calles que me poseen y otros seres se
van adueñando del paisaje que los rodea, es
como si estuviera huyendo de los

fantasmas, que viajan conmigo con sus transparentados cuerpos o figuras desconocidas, no sabría determinar al referirme de ellos. Parezco un etrusco caballero, camino con actitud pausada, quisiera que todo concluyera en este preciso instante, pero no ocurre absolutamente nada; estoy desconsolado y desorientado, no atino que rumbo tomar. Soy como un albatros vagabundo con mis alas de tres metros de largo, quisiera poder ser una súper estrella, que es capaz de explotar y producir el hueco negro compuesto por rayos gama de luz y ser capaz de provocar la oscuridad total. Por mucho que he intentado por disuadirlos, ellos prosiguen detrás de mí y hasta inclusive cuando pienso que los engaños al doblar una esquina, me los encuentro ahí con sus rostros indefinibles esperando mi llegada, solo los percibo, no musitan frases, exclusivamente escucho sus pasos y sus figuras difuminadas como las veladuras de una pincelada de *Juan Roberto Diago* o *Fidelio Ponce de León.*

-oOo-

Voy descubriendo los misterios y al unísono escucho la flauta mágica, percibiendo al asomarse las estaciones y es como

aventurarse cuando aparece semejando una
gran luminosidad y es la *Constelación* de
Casiopea en la pluralidad de poder
convocar el crepúsculo, visualizando el
coche que remolina en el espacio. Así se
van mojando las nubes y a su vez dejaran
caer torrenciales lluvias sobre la ciudad,
que duerme en ondulantes suspiros, al
decapitarse la muerte en los brazos de los
fantasmas, ellos se internan en donde están
las estatuas de los personajes distinguidos,
se hunden en retorcidos parajes y las
víboras con sínicos movimientos danzantes
cristalizándose en el espacio, al
introducirse en los sumideros y desde allí
asomaran sus terribles cabezas triangulares
y sonrientes, volviendo a desaparecer.
Mientras el día fenece y la luna resurge cuando su
cuerpo al reflectar en el carnoso y saltarín
río revuelto, lleva mucha hojarasca.
Iba evadiendo los peldaños, así como los
obstáculos que enfrentaba, se trasladaba y
huía a través de la vegetación que semejaba
un corredor, por allí circula el agua que
desliza su osamenta transparenta y voluble,
va desplazándose muy de prisa. Después se
interno en la ciudad y recogió las
inmundicias arrastrándola hacía el
turbulento mar y como un pulpo gigantesco
lo engullo y se unieron en somnolencia
unión, parecían siameses removiendo todo

en su andar.

-oOo-

Sobrevivir en el predominio nocturno, creciendo
        bajo el embrujo de la luz de la luna, donde
        ella determina el tiempo y es capaz de
        presagiar el influjo del agua y medir el
        tiempo. Las callejuelas oscuras bordeadas
        por tétricas edificaciones, mientras los
        peldaños y contra huellas se me enfrentan,
        pero las voy evadiendo. Ya habíamos dicho
        sobre la noche, ya que ella es impredecible
        e incierta como el ruido percibido de la
        ciudad que nos proporciona nuevas
        sensaciones.

Me voy a su lado para expresarle mi amor, como si
        ella fuera mi dulce amada, que me ofrece su
        cuerpo lleno de nuevas emociones,
        ahora prosigo mi andar entre sus calles
        llenas de evocaciones e ir en busca de otros
        encuentros furtivos
        y allí ella empezó aparecer

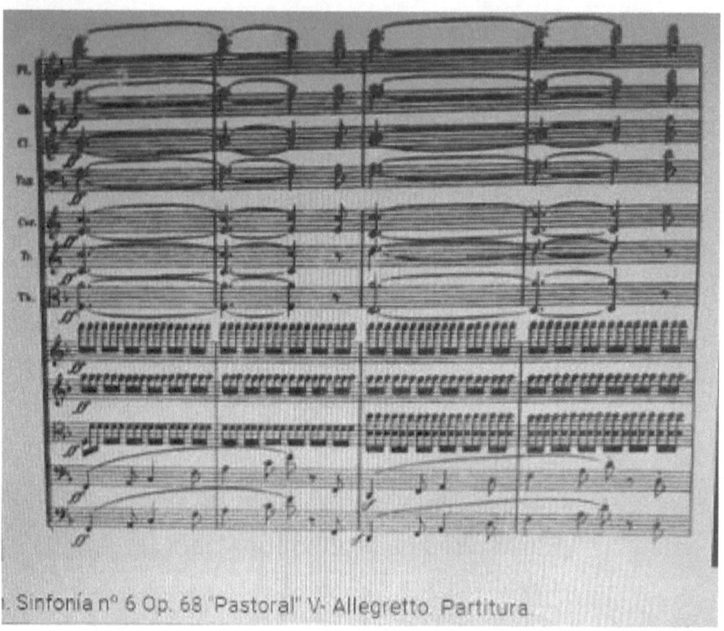

l. Sinfonía nº 6 Op. 68 "Pastoral" V- Allegretto. Partitura.

entre un sumergimiento que se propicio
lentamente al borde de la ciudad, pero no
era su turno, estuve esperando y al poco
rato reapareció la línea horizontal, hasta que
entró con sus pasos breves y pausados
como una dama con amplio vestuario con
sus lentejuelas, envolviendo todo a su
alrededor. Ella llego evocando y atisbando
los vericuetos, donde los fantasmas se
refugian y reaparecen, cuando la
nocturnidad despierta de su eterno sueño.

~*~

…germen y forma
simbolismo de la flor,
antes de morir…

~*~

…encuentro abismo
entre palabras sordas,
reflejo del río,,,

~*~

Encuentro abismo.
Entre palabras sordas.
Reflejo del río.

~*~

Los misterios eleusinos adormilados en las sombra
eternizan mi gratitud, dialogan con la muerte.
Es una conversación, donde el fluir del tiempo
se eclipsa en el instante de la espera. Hay una
semejanza del sueño que nada junto a la otra
imagen de la luna en estado creciente y el
bamboleo de la abeja que va golpeando a la
flor que ya fue libada por el colibrí, antes de
las lluvias de junio, se fueron alejando al
reaparecer el sol del mediodía. El aliento del
buey espanta a las moscas verdes, así como a
las guasasas (1), ellas destruyen y espantan al

ganado hacia las hierbas altas. Allí se le niebla
la visión y provocan extravíos en sus ojos,
(1)-Liohippetales.
alejando la posibilidad que se esconde en la
mirada del lagarto, que frota su lengua en el
espacio, intenta capturar a la mosca verde.

-oOo-

En esa intención al lagarto se le trenzaba y así no
puede atrapar el insecto. Así la mosca
desaparece entre escondrijos vegetativos. Yo se
que el lagarto muestra su mejor disfraz y así
intenta descubrir adonde ha huido la mosca
verde, que importuna al buey que despertó y
se asoma entre la hierba alta, también surge
disimiles vegetaciones.

Voy por una anchurosa avenida asfaltada y los
edificios estiran sus paredes e intentan ocultar
sus enrejados ventanales. Es inútil asomarme
entre esas fachadas, pues al frente existen
enormes puertas de labradas herrerías,
formando dibujos y empleadillos que no me
dejarían llegar al barandal de sus pórticos.

-Los misterios eleusinos adormilados en la
sombra, para aguardar por el culto,
en la iniciación por las diosas *Deméter* y
Perséfone, mientras el fluctuante camino,
es la clemencia terrenal en lo astral

y el arborescente sueño marino dialoga,
en un estado de adormecimiento,
cuando el sol junto con el tigre que va
amoldando a la muerte.
En un fluir del tiempo al eclipsarse en el instante
de la espera.
La oscuridad me abraza y conserva esa frescura
devoradora, la tarde declina y aparece la
noche que asegura el resurgir de los seres,
volatizados y que en ocasiones son visto
por una luminosidad relampagueante,
desapareciendo en el preciso instante,
que mis ojos se dilatan.
He tratado de todo estos elementos, que me
obsesionan y en verdad debo tomar
una decisión, volver al lado de mi amada.
Al escuchar la orquesta *Sinfónica del Estado* de
Sâo Paulo (Malambo) del ballet Estancia
con música de *Alberto Ginastera(1916-*
1983). Pero continuo oyendo la 6 sinfonía de
Beethoven (Pastoral).
Al caer la noche.
Puedo escuchar la música y me reconforto, mientras
la ciudad se nos cae por instantes sin poderla
reconstruir.
Al menos oigo las voces de los niños que inocentes
que suspiran y no sabremos en que piensan y
anhelan, quizás al pasar el tiempo recordaran
esta devastación y ruindad.
Nosotros miramos impotentes y los adoloridos no
sabrán donde depositaran sus cuerpos

adoloridos y cansados.

-oOo-

Ahora voy atravesando parajes que me llevan a
través de la reverdecida grama, provoca esos
instantes cuando la llovizna vuelve a caer,
ya que en días anteriores hubo reflujo de
intensas lluvias también, ahí pude ver el
florecer de la vegetación en los parques
y el verdor de los laureles se han
intensificados. No se divisan nubes y el azul
del espacio es aterciopelado y suave,
mientras el sol nos abraza con su tibieza con

su tibio rubor.

La ciudad envejece por instantes, pues sus vetustas
        edificaciones el tiempo no ha sido benévolo.
Hoy es 20 de junio y la ausencia se despide, va
        acompañado de la noche que la envuelve.
El tiempo es la esfera indetenible, sin percatarnos
        que continua girando siempre, persiste en su
        andar, mientras todo a nuestro alrededor va
        feneciendo y así nuestras vidas regresan al
        polvo y le esfera se detiene, así será hasta el
        fin de los tiempos.

*...si la muerte es un incidente necesario, que nos penetra sin
        prisa.*

                    Lois Pereriro (poeta catalán).

-oOo-

-El fluctuante camino es ontológico, es la clemencia
        terrenal por lo astral, ya que poseía
        argumentarse que trata de demostrar la

        existencia de Dios, es un ser perfecto y la
        existencia de la perfección *(por lo que Dios
        existe).*

La inexistencia de lo etéreo fue abandonarse,
        cuando el amanecer apareció con un acariciar
        casi desnudo acurrucado, donde las aguas nos
        va uniendo en un cuerpo. Era el viento que se
        iba fragmentado impulsado por otros cuerpos

desconocidos, allí desperdigando lo que
encontraban ante su andar casi transparente.

Presentándose cuando el agua desliza su flujo
impulsado por la brisa venida del norte. El
amanecer volvió sumando ondas resurgentes,
se evaporan entre los ramajes de los laureles y
esos hermosos framboyanes, que intentaban
defenderse de su permanencia, ya que el batir
furioso del viento, que intentaban destruir, pero
desde allí descendían muchas figuras
traslucidas, iban recorriendo algunos parajes de
la ciudad y se ocultan entre los vericuetos
menos visitados. Era la dormición
arborescente de las figuras ahumadas que
intentaban guiarme, pero deseche su intención
y al fin pude escapar de ellas, ya que su
inexistencia ante mis ojos no pude con mis
mañas y el conocimiento del paraje que ocupa
el real y verdadero rumbo, ya que imagine que
sus cuerpos etéreos, eran un aburrido proseguir
con ellos.

La noche empezó abrigarme evaporándose y las
ondas resurgentes me abandonaron y era como
todos se hubieran evaporados, busque un poco
temeroso que surgieran de algún edificio
destruido y deshabitado, pero no visualice nada
en absoluto, proseguí mi andar y mi plasma
como un sortilegio se intrinco en lo más
silencioso de la ciudad, que al fin fue envuelta

por la benévola noche. Es como escuchar a
Elena Garanca (mezzo soprano) en *Moncoeur
s'ouvre á la voux de la ópera Sans et Dalila
con la música de Camille Sant-Saend.* Sin
olvidar a *Renée Framing* y bella *soprano en
Areadne auf Naxos,* de *Rchard Etrauss* en
Finale, Framing, soprano en la *as Areadne y
Robert Dean Smith, tenor* en *(as Bacchus).*
-oOo-

Ahora sobre el espejo vislumbro el semblante de mi
abuelo con su sombrero de jipijapa y su traje
con su chaleco, que solo usaba para ir a misa
junto con mi abuela, ella casi me llevaba casi
arrastrado, hasta aquel recinto lúgubre y
silencioso, con vitrales e imágenes tétricas que
nos observan. Tan pronto nos sentamos con ese
sutil encanto de lo impredecible, quedando
callado en el dormir callado e inocente, ya al
regreso de las liturgias religiosas y presiento un
imperceptible beso de mi madre, ella
aguardaba nuestro retorno y espera que abuelo
me llevara hasta el lecho.

Era un despertar lleno de preguntas y el por qué ya
estaba en la cama y ahora estoy acá y la iglesia
y los vitrales que me dejaron deslumbrados y
ahora está mi madre a mi lado, no entiendo
nada, estoy adormilado y muy cansado.

Ya han pasado los años y comprendo que pase a un

estado callado de la muerte y fui resucitado por
el beso húmedo y tibio, nervioso de mi madre.
Aun sigo caminando por estas calles oscuras,
que se ahogan en su propio existir, ya que las
sombras de mis muertos prosigan aquí a mi
lado y las ventanas y puertas se hallan
cerradas.

Mi cuerpo no me pertenece, se me fuga y lo espero
aquí en las verjas del campo santo, aparece
sonriente, me toma del brazo diciéndome que,
no debo entrar y que me haga silencio, lo dejo
hablar hasta que reaparece otra vez su sonrisa,
duermo sobre mi lecho, mientras las notas de la
orquesta siguen oyendo con su acostumbrado
rumor, los violines juntos con las violas que,
suena como un cantar de sirenas y los
violonchelos, bajos y los clarinetes nos
trasladan nuevamente a callar y solamente
escuchar.

La música hace un silencio, me reanimo y voy hacia
mi lecho, veo a mi madre que me sonríe y
comprendo que ella es mi propio cuerpo, quedo
dormido en un nuevo suspiro imantado de
nuevos encuentros, ellos me rondan en
constantes visitas en las noches de luna jugosa.

-oOo-

Sobrevivir en el predominio nocturno creciendo bajo su luz, donde ella determina el tiempo y es capaz de presagiar el gran influjo del agua. Cuando las callejuelas oscuras y bordeadas por vetustos y antiguos, así como desvencijadas estructuras habitacionales, se pliegan ante nuestros pasos, mientras se me enfrentan, pero los voy evadiendo. Ya habíamos dicho sobre la noche, ella empezó aparecer lentamente al borde de la ciudad, pero no era su turno y surgió en aparecer, pero estuve aguardando y al poco rato reapareció en el otro extremo de la ciudad, hasta que entro con sus pasos breves y pausados, envolviéndonos a todos en su cuerpo envolvente y oscuro lleno de lentejuelas con la luz lunar. La noche llego evocando y atisbando los vericuetos, donde los fantasmas se refugian y reaparecen, cuando la nocturnidad los despiertas de su eterno sueño.

Eran mis sueños que se iban fluctuando,
    los caminos a través de la ciudad me llevan,
    que se postraban en su navegar
    en su clemencia terrenal
    y en lo astral y en arborescentes sueños,
    las agua marinas se inclinan,
    cuando mi cuerpo vuelve a renacer
    entre otras calles semi desiertas
    y que ya no recuerdo…

~*~

-Los labios callan
Mueren en el recuerdo.
Y no regresan…

~*~

Quisiera salir
de este enorme vacío
que me envuelve.

~*~

Me detengo donde el cisne
elogia mi voz
y mi sonrisa triste,
pero sumamente alegre y veraz.
Donde la ciudad
se detiene en un suspiro

10-12-96-

~*~

-He visto a la tarde con sigiloso andar
y con pasos apacibles
percibo el aparecer de la noche,
era difícil verla resurgir entre el espacio viscoso.
Espero que vuelvan a caer los nuevos relámpagos
y sean recibidos por su inconstante inmovilidad
y nada no es extraño, solo es la sorpresa
al ver a la noche avanzar entre el crepúsculo,
que es como ver la nueva resurrección

y percibir al ungido entre la penumbra
escuchar sus palabras de unión y amor humano
dejando solo creciendo el alba
y dejarme caer ante sus pies
y ser bendecido por las palabras de mi madre
y ver el sonreír de mi abuela,
acompañado a su lado por mi padre con su devoción
y sus labios susurrando una plegaria…

~*~

-III- Allegro.

-La ciudad envejece por instantes,
pues sus vetustas edificaciones al tiempo
no ha sido benévola.
Hoy es 20 de junio y la ciudad se despide,
va acompañada de la noche que la envuelva.

Ahora se pierde donde el sol despide su fulgor,
era difícil verle con aspecto compungido
desaparecer y hundirse en un breve destello,
cuando la novia nocturna iba llegando
y verla desaparecer al surgir el astro rey,
dándole el adiós a la muerte y a la vida.

Todo es así…
Hoy comprendo que el mundo nuestro,
es un gran teatro tétrico y bufonesco,
con ademanes circenses.
Ahora ya tengo sueño,
mientras leo y emborronar estás cuartillas,
se que me llegara el instante de esperar
acá a la muerte,
si logro despertar,
entonces tendré otra oportunidad de volver a leer.
¿Cómo será mañana después de haber despertado
        de la otra muerte o sueño?
No lo sé…

-oOo-

La longitud en el camino por recorrer,
es lo que nos queda para el día de la muerte.
Vengo de buscar el silencio
y no lo he hallado,
solo he encontrado un espacio inmenso
y me acompaña el vacío al frente,
y aun no he visto el silencio.
Solo en la noche puedo ver el inmenso espacio,
lleno de estrellas,
mientras en el día solo veo un extenso mar,
ahora sé que el vacío está ahí en el vasto espacio.
Ahora mis ojos llenos de luz donde ellos alcanzan.
Antes yo creía que el vacío estaba donde ellos
        llegan.
El buen caminante no mira adonde va,

anda y anda sin mirar el final,
pues sus pasos lo llevaran al final de su marcha.

-oOo-

No sé adónde voy
pues solo deseo llegar,
al punto final.

~*~

Era el inicio de las resurrecciones de la ciudad
al responder que la timidez de mis manos
intentando de hallar el vacío del cual me
hablaron
mis mayores
y los derrumbes se multiplican de edificios
familiares dándome deseos de llorar
y la impotencia de observar sin poder
solucionar nada.

En un entreabrir de las estaciones y la muerte
convocando al suspiro inmediato, ya que
se mostraban hilachas de las cortezas de
almácigos húmedas y jugosas,
además siempre bondadosas,

Derrumbe edificio de La Habana –Cuba-

intento mostrar sus hojas de nevadas ansias,
ausentes de la clorofila del mismo toronjas,
junto con las demás plantas olorosas
y la albahaca morada bien olorosas que nos
perfuma y nos embriaga.

Son las ruinas que nos sorprende en cualquier
        instante del tiempo, que transcurre sobre los
        habitantes, pues las estructuras de edificios
        desperdigados en las calles de la ciudad.
Después rememorar las siestas del abuelo
        y el recinto oscuro envuelto de un silencio
        embrujado, lleno de hechizos atrayentes
        y la niebla de los cristales de las mamparas,
        límite de la salida de las habitaciones

y su recamara ahora es un suspiro
permanente,
como una escaramuza en el espacio.
Las hojas de la picuala caídas, metamorfoseándose
en hojarascas,
pasean por el patio donde el viento filtrado
las lleva de un extremo a otro,
yo juego con ellas como si fueran mariposas
alegres y escurridizas,
las guardo y son mis trofeos preferidos,
ellas son mis sombras sumergidas,
burlándose de los requerimientos del abuelo,
que me indica echarlas al fuego,
por eso las oculto a pesar del vientecillo,
prosigue su paseo, burlándose de mí carrera
detrás de sus cuerpos mustios y suaves y
escurridizos.
Su modo de traslación es un suspiro de violines y
otros instrumentos de vientos, produciendo
un sonido que me hace quedar estático por
instantes en estado contemplativo.
La neblina nos invade, viene del noroeste recorre
la ciudad y la viste con su traje gris viscoso y
triste.
Hoy en día no hay héroes, porque la soledad
embarga al hombre que, siempre quiere estar
solo y la amistad es dudosa, mientras la
famosa igualdad es obsoleta y absurda, somos
seres que amamos la soledad,, ya que la
amistad en sí está tan sola como la misma
muerte.

-oOo-

Caminos fluctuantes era la clemencia terrenal en lo
astral, cuando arborescentes sueños
deambulaban en marinos parajes y los
delfines jugueteaban en las aguas claras,
después de haber despertado de su adormecer
y el sol quieto ahí en su espacio, suspendido,
va moldeando su muerte en el final de los
tiempos, mientras los cuerpos que recorren

las calles de la ciudad, parecen fantasmas con
sus velos nevados como un humillo, por
instantes flotan suspendidos en el espacio y
van desapareciendo, pues la oscuridad los
envuelve. La ciudad se detiene en su tiempo
que, sueña en el flotar de las sombras, ellas
recorren las calles desiertas, esperando los
sortilegios de la nocturnidad.

Y la luna poco a poco va ocultándose en su cuarto
menguante detrás de las nubes largas, cuando
se deslizan empujadas por la brisa
acariciadora, nos palpa el rostro y desaparece
entre los intrincados parajes de calles vetustas
y oscura.
La inexistencia de lo etéreo fue abandonando el
cuerpo desnudo a orilla del mar, se fue
reflejando donde las aguas lo acarician en un
suspiro callado, inhalando ese aire venido del
noroeste.

La vida es un juego, hoy además tengo demasiado
sueño y para mi es muy especial descansar,
ya estoy habituado a la contemplación de la
ciudad.
Ahora empieza a llover, no me agrada solo si me
encuentro leyendo o escribiendo, por lo
demás odio el mal tiempo, pues me impide el
disfrute y simplemente amo las ciudades
antiguas como el amor ocasional y sueño con
empezar un libro nuevo y tomar una buena

tarde de amor.

Deshabito mi existencia, mientras el tiempo me
hace aferrarme a la vida, guardo en un
bolsillo un papel en un *jean* viejo, ya que mi
cuerpo me ha guiado a través de todos estos
años vividos, aun escucho a *Franz Shubert* en
su *sonata en Re mayor Opus 15* con el mismo
entusiasmo de cuando era adolescente, claro
eso me hace exigirme en todo tiempo,
reduzco las murallas que intentan obstaculizar
mi marcha y doy un salto justo y preciso, y
continuo mi andar ante la vida, por eso sigo
amando y anhelo el alba y el regreso de la
noche, así como los días de intensa lluvia y
por eso prosigo creando y leo alguno de mis
autores preferidos. Así debo dormir ya son
pasadas las 3 a, m.

¡Hasta pronto!
          12-19-18.-

          Odias al enemigo,
     te estás despreciando
     tú propio cuerpo.
                    05-16-20-primavera.

…la oscuridad es como ver el cuerpo de la muerte,
     pues uno envejece poco a poco … primero
     envejecemos a su gusto por la vida … por los
     demás … todo se vuelve tan real tan conocido

tan terrible y sumamente absurdo y repetido
… para después ver como el tiempo en su
marcha rectilínea y rotativa pues ella no
posee ninguna descripción … su dirección en
el espacio es un eterno vacío … y permanece
en posición evaporación … el éter o hasta
alguna materia espesa … ya que en ocasiones
nos deja musitar algunas palabras sin sentido
… solamente el fuego es capaz de escapar …
pero así vamos nosotros andando en esta
ciudad … nos invita a la desolación … desde
hace mucho tiempo vivo abrazado al mismo
espacio … siempre me espera al frente … ya
que el crepúsculo pudiera ser las lluvias …
caen en junio hasta evaporarse ante de caer
… ya que *Forces* y *Ceto* las llamadas
Gorgonas que fueron monstruos marinos
según decía *Hesiado*, *Estena* y *Euríales* y las
otras hermanas que eran inmortales … pero
por el contrario *Medusa* era mortales y se
dice que *Perseo* le cortó la cabeza a *Medusa* y
de su cuerpo salió *Cresaor* el padre del
monstruo que fue *Geríones* y el caballo
Pegaso así estuvo hablando el abuelo en una
ocasión y me decía que él y yo seríamos
inmortales … ya que mi madre también seria
y existirá por toda la eternidad … mientras el
verdor del laurel es degollado por ese sol que
inaugura otra mañana otra mañana …
sobresalen los claroscuros de los verdes y los
sienas junto con grises medios que a

hurtadillas intentan ingresar en la
comitiva de colores … hay frescor que va
destacando el olor de la albahaca y la hierba
buena y sin olvidar a la menta que
discretamente surge entre otros aroma tenues
como el resurgir del alba que afanosamente fue
apareciendo discretamente y los suspiros
fueron quedando en las cercanías de la ciudad
en la noche que la luna se perdió entre muchas
nubes largas y ligeras que el viento las llevaba
a través del espacio …

-oOo-

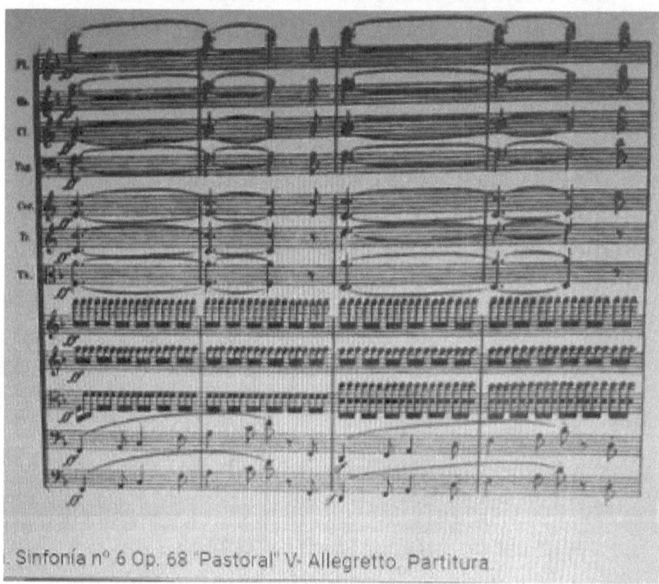

. Sinfonía nº 6 Op. 68 "Pastoral" V- Allegretto. Partitura.

-oOo-

El que se fue.

Vuelve a regresar junto al sol,
    mis pasos de aquel entonces me guiaron
    por senderos inciertos y que ya no existen.
… ahora que ha pasado el tiempo y las sombras se
    han detenido … voy filtrando cada palabra
    burlada al azar … la luz de la luna y el
    frontón de su cuerpo mastica el espacio
    dejado … voy ocupando la refracción de la
    luz … calladas nubes largas al azar … la luz
    de la luna y el frontón de su cuerpo
    demoliendo el espacio dejado … voy
    ocupando la refracción de la luz … calladas
    nubes largas y ligeras se abultan entre sí … la
    eterna luz se apropia de la estancia…
    salmodia los litigios amorosos entre *Tauros* y
    Aries... la arena provoca espejismo y
    relumbra en tu cuerpo y el humo en el agua
    que va derramando nuevos fulgores … el
    horizonte anuncia al alba detenida ante tu
    andar … ya que las aguas saltan el muro y
    ruedan buscando los sumideros … el muro se
    siente rebasado por las agua inquietas … el
    malecón habanero balbucea sumido en su
    zozobra en zumbidos grotescos y ademanes
    complacientes …

Se escucha un susurro de un canto a *Oshùn* para la

consagración en lengua *yoruba.*

-oOo-

Era la ciudad el cantar o el llamado de las palomas.
     mientras ellas descansaban en piadosos suspiros,
     manifestándose en las pálidas noches
     cuando aun el sol no se ha recostado allá
     a lo lejos, pues sus días ausentes de las nubes
     largas,
     disfrazadas de aves
     surgían en el espacio
     y simplemente volaban como jinetes salvajes
     sobre caballos veloces internándose por agrestes
     parajes.
     Aún huyen entre los edificios desvencijados y
     deformaciones salientes,
     ahora hay muchos paseantes atentos a las farolas
     cartilaginosas
     y los postes nos enseñan sus bocas encendidas,
     que como insectos van encandilando nuestros ojos.

Las noches caían con sus silenciosos pasos y su
     desnudez,
     nos ofrece el tintineo de algunas estrellas distantes,
     al tanto jinetes continúan cabalgando sobre sus
     corceles vibrantes
     y traspasan a través de las nubes grisáceas,
     van apagando su silencioso abandono en sus

refugios grotescos…

…la ciudad no duerme y el ave de la noche paso con su
      vuelo rasante, llevaba un roedor entre sus garras,
        era lo contrario ver el amanecer un colibrí succionar
      el néctar que ellos reciben con sumo placer y a la
      vez entonan en un *allegretto* en un pausado *Molto
      Moderato.*

~*~

      -La luna desnuda
perdida en las noches.
Desapareció.

~*~

      -Los años pasaban
no había ningún alivio.
Visible el fin.

~*~

Son las ruinas de las tardes cuando la ciudad muere en
      sus noches de junio, permanecer en oscuros
        recintos y las puertas limitan la luz detenidas en un
      espacio muerto y los cristales nevados de las
      mamparas, las hojarascas de la picuala diseminadas
      en el patio, elevándose y quedaban ahí sobre el piso
      del patio metamorfoseándose, venia otra vez el
      viento las hacia flotar, quedando por un breve
      instante eclipsadas en otro espacio, yo jugaba con
      ellas como si fueran mariposas, las guardaba donde
      nadie las puedan ver, ellas son mis sombras

sumergidas, burlándose de los requerimientos del
abuelo que, me indicaba echarlas en el fuego, por
  eso las ocultos. A pesar del vientecillo que prosigue
  su transito, mientras yo detrás de las hojas seca.
Mis sensaciones están sobre el fuego
  pretendo ir ante la noche que, me lleve donde está
  la luz de la luna, se percibe más intensa.

Crecen flores entre las piedras blancas
  son de múltiples colores
  ellas se versifican como si fueran muchas palomas
  blancas,
  ellas adoptan distintos gestos y ademanes,
  quizás de la postura del lagarto.
'Quisiera que me rescatara *Proserpina*
  y viniera a buscarme cuando este dormido.
El silencio del caballo de fuego no me dejo oír que venía
  el viento junto con las llamas y devasto todo a su
  paso, mientras el corcel prosiguió su andar ante las
  llamas ardientes y feroces.
Semejaba un intenso vacío absoluto las llamas son el
  mismo haz de luz que nos envuelve y nos
  desaparece dentro del espacio inmenso.
Ahora debo olvidar que existió y esperar que me devore
  el *Sanctasanctórum* (1) y será como el hueco negro
  del vacío absoluto…
El humo es el asombro de las llamas que no se van, pues
  el humo las oculta para que así no le temas al
  fuego, el invade todo a tú alrededor y después te
  envolverá con sus brazos de fuego.
Al morir es llegar al total conocimiento y ver el resurgir
  de la luz pero eso no es el resumen, pues aun la
  noche llegado al saber, debes aguardar y no es
  morir y haber finalizado tu existencia en esta etapa

de la vida, debemos aprender al conocer el vacío
estelar, que nos rodea por eso vivo en pensar en el
mismo instante y dejar lo que vendría después, así

*(1)Parte interior y más sagrado del tabernáculo y del templo de
    los judíos en Jerusalén, al que solo tienen acceso los
    sacerdotes.*

podremos disfrutar el momento
mientras mis ojos se disgregan en el inmenso
espacio, prefiero detenerme y descender
nuevamente las calles de la ciudad
bordeadas de los espectrales edificios
ellos nos acompañan, detenidos en su tiempo.
Allí en el parque florecen los gladiolos y la
maravilla, la ceiba está haciendo volar sus
algodones que son sus despojos, parecen hojas
muertas, bajan circulando el espacio, ellas
descienden lentas irguiéndose en su lentitud
reflejan la luz, parecen pequeñas nubes. Sus
espíritus de descensos provocan un punto
muerto antes de caer sobre la hierba recién
cortada.

…el agua devora distancias
  hace temblar todo a su paso
  su blancor transparente
  provoca otra emoción
  vehículos circulan entre calles angostas
  es una sorpresa inesperada
  mis manos retenidas
  ante la luz
  espero ocupar el otro espacio
  me prometo seguir andando

no me detengo
tiembla el agua
se arrastra entre los pasos
la escalera por donde debo escalar
frotante el cuerpo transparente
me detengo y ella me lleva
mi cuerpo plácido
es un ser que sentencia el desplazar
cambia y me abrazo
ante el espejo transparente

"Derrumbe en San Lázaro y Galiano –La Habana – Cuba."

que es mi propio cuerpo

estoy hecho de germen vegetativo
me dejo arrastrar
donde la ciudad renace
y tu cuerpo desnudo
espera la unión de ambos
el viento disminuye
la corriente se disgrega
nos abrazamos
y las campanas de las iglesias
dejan escuchar su repicar
se doblega el silencio
mientras contemplo
desde la cima de la escalera
y desde allí puedo
vislumbro la ciudad
su silencio es una visión de alabar
escucho las últimas palabras
seguiré con mis plegarias
y la ciudad hace reverencias
sonrío ante mi propia muerte
estoy cansado
soy uno de los tantos
a la ciudad vetusta y cansada
con sus columnas bellas
cuando sus calles grises
cubren su cuerpo con neblina prematura
entreabro mis ojos
y apenas va apareciendo
la luna nueva en estado creciente
la verdad absoluta se desarrolla
a partir del crecimiento humano

no del temor de la insinceridad
ya que hay un instante previo
pues obtiene la seducción del ser
al doblegarse ante el miedo
y al temor de dejar la vid
la libertad se acondiciona a tu acción
y provoca la receptividad
debes saber encontrar
y elegir el sendero correcto
y marchar por el rumbo de la libertad
aunque sea peligroso
y el laberinto se oscurezca
y así podrás vencer los obstáculos
hasta llegar a la ansiada libertad
pues no existir es desear la inexistencia
es el privilegio de poder escoger
ya que el desierto no es el alba
de lo contrario entraras al bosque
es el único lugar en apariencia
donde existe la añorada libertad
y así no tendrás que atenerte
a las leyes humanas
de lo contrario enfrentarte a lo terrenal
al llegar al convencimiento de haber sido
          engañados
es la humillación para el afectado
que es el total de la población cubana
y ha sido llevado al pesimismo
en tus pensamientos debes mantener el orgullo
de ser tú y mantener lo mejor de tí
apartarte de esos seres inferiores

tu mirada enfocada al frente
y seguir sin volver tus ojos atrás
he sentido la fuerza de un gigante sobre mi sien
creo que he hallado el límite
quizás tenga la visita de la muerte
seria lo mejor antes de doblegarme
en ocasiones la muerte nos visita
y no nos percatamos de esa visita
pero ella viene solo una vez
no porque has presentido su sensación de vacío
no es la verdadera muerte
pueden ser los preámbulos
y así podrás acostumbrarte
la muerte no es el final del ser
pues aun si existiera hay otro instante y debemos
    esperar
es percibir en el espacio por otro tiempo
aparecerá su plasma
en nuestra mente y así como su voz
así como el ruido de su andar
quedará reflejado en el espacio
hasta que poco a poco irá desapareciendo
dejando un suave suspiro
la muerte absoluta no existe
todo aparecerá como un defecto del cuerpo…

-oOo-

…en el silencio de la noche permanece la calma
   dentro de la callada ciudad aparecen los pasos de
       los muertos

deambulan a través de calles oscuras
y entonces te darás cuenta que estamos solos
mientras el universo inmenso esta en el vacío
me quedo estático observando el frente ante mí
ahora solo veo la oscuridad inmensa ahí
acompañada del silencio que nos envuelve
las ranas saltan en los charcos de calles oscuras
y perpetua de silencio
creo que para la etapa del sueño
al de la muerte
ignoro el masticar o expresar mis palabras que no
          he dicho
quedo callado observo con indiferencia el entorno
mi ciudad es más ciudad envuelta en la noche
ella descansa en su blancura esplendorosa
la luna suda su luz sin temblores
y quedo observando el estatismo de los astros en
          el espacio
solo veo la inmensa noche espacial
que es el mismo vacío
me envuelve y creo que paso a otro estado
          absoluto
y deseo quedar dormido junto a la muerte
es inexplicable ese gran esplendor que descansa
escucho al río que arrastra consigo flotantes leños
mis pies desnudos pisotean la hojarasca dejada
          por el río
manos sucias elevadas al espacio claman la
          libertad
el viento se deja escuchar
las iglesias hacen escuchar sus campanas

abrazo la oscuridad enquistada
susurros ahogados flotan
soldados golpean el asfalto
ahora mueren niños en las cárceles de mí país
áridos caminos son anegados por las lluvias
        caídas en el mes de junio
ni siquiera la soledad descansa
detenido silencio en el centro de la ciudad
nosotros hemos vividos tiempos agónicos
muere la paciencia entre gritos y sollozos
final inesperado aguardamos
nos abriga el silencio
vienen muchos muertos abrazados entre sí
rostros sudorosos bajo la luz de antorchas
nos envuelve el silencio
reverberación sobre el camino andado
escucho algunos arpegios de la *Symphony N°6*
        de Beethoven al tanto la tarde duerme

. Sinfonía nº 6 Op. 68 "Pastoral" II- Escena Junto Al Arroyo.

estamos muriendo sobre áridos senderos
la paciencia agota mientras los suspiros se ahogan
nos detenemos a un costado del camino
serpentea el agua sobre rocas
nos bañamos en las aguas tibias de la playa de
      de *Bacuranoa*
después proseguimos la marcha
como si hubiera mayor espacio continuamos
entre las calles de la ciudad hasta hallar la paz
la sombra y la soledad
              ésta más allá del vacío
              juntos solamente tú y yo
              paso a paso sin detenerme

mirando al frente
hasta encontrar la luz
entrar a la ciudad
con los cabellos sueltos
y la mirada al frente
escuchar el rumor de la
    música
percibir el viento y la
    lluvia
encontrar el eterno silencio
y los pasos del *mésiah*
el *kikiriki* del gallo al ver el
    sol
sentir el viento venido del
    mar
hundirme en tu cuerpo
    desnudo
permanecer en la orilla
ver la noche desaparecer
y el renacer del día en el
    horizonte
salir andando a través de
    calles
y sentir el sol caliente sobre
    mis hombros
verte en el balcón sonriente
dormir abrazados como
    siameses
y sentir el ruido de la lluvia
    caer
drop drop drop

solo estamos tú y yo juntos
en el silencio de la noche
ella nos envuelve y nos lleva
    en un enorme lamento
entrelazando esas emociones
mustiarse como flores de
    otoño
es el naufragio flotante
y sentir la emoción del día
aparecer entre las colinas
que bordean la ciudad
y ver esas nubes grises
con amenaza tormenta
ya se siente la brisa fría
corremos a refugiarnos
tal parece que la noche
se aproxima
en el muelle imaginamos
arriando las velas
y ultimando ordenar bordas
tal parece que habrá viento
con señales de tormentas
el flujo del mar es lento
quejumbroso y triste
yo me preocupo
    -oOo-

se estancaran las calles
los sumideros repletos de
    agua
arrastrara los desperdicios

quedara como si todo fuera
destrozado y devastado
el jardín de los abuelos
sufrirá por los vientos
        frenéticos
      se dejaran escuchar
      muchas plegaria
      suplicas y lamentaciones
      quedaremos muy tristes
      y la ciudad en un gesto
      calamitoso implorara
      clemencia y calma

En la culminación de los días resurgirá un éxtasis
venido de mar que nos rodea, explícito solo para
proporcionarnos el cambio del cuerpo a otro estado,
donde podríamos poder ser entendidos por el más
insignificante de los seres, ya que lo efímero es la
distracción que es capaz de surcar los intrincados
caminos que, se arremolinan ante nuestros pasos y
por lo tanto debemos superar esos obstáculos que,
impiden nuestros pensamientos y las decisiones que
hemos tomado, para de esa forma llegar al triunfo
para el cual nos hemos preparados.

      sombrías colinas y vacías
      perpetua en la oscuridad
      descienden solas
      en la plenitud del vacío
      y el tiempo enterrado
      apaga las campanas

y las nubes negras opacan al
sol
cuando el viento fresco
susurra el sonido del los
violines de la *Simnphony
N° 6 (Pastoral)*

-oOo-

-oOo-

*...anocheció muy rápido y el sofocante verano
acompañado por la humedad, acrecentó mi
respiración sofocante. Todos en la casa
dormitaban, entre sudor y sueños intranquilos,
los cuerpos se reincorporaban sedientos, el*

desaliento los embargaba. Se detuvo el tiempo.
Un ejército de ciudadanos deambulaban
por los rincones de la ciudad.
La luna allá en lo alto estaba en cuarto
menguante, era junio un mes sumamente caluroso,
monótono y quieto ahí.
¿Me preguntaba, porque no llueve ahora?
Quizás se me mejore la falta de aire
y el asma seda un poco.
Abrí la puerta de la calle
y me senté sobre un cojín en el piso,
mi mirando la luna y unas nubes
que trataban de moverse lentamente.
Amaneció y el sol hizo su aparición
desplegándose sobre mi
cuerpo deplorablemente y deshecho.
Creo que dormí por intervalos.
Volví a la cama y mí cuerpo en fervoroso silencio
entibió el lecho con mí nueva muerte...

-oOo-

-Lo etéreo fue abandonado por los cuerpos
que con descuido se fueron desnudando
en las orillas del río,
reflejan un eterno destierro,
que se duerme acurrucado
donde las aguas nos acarician,
en un perpetuo suspiro.
Habían cuerpos que se fragmentaban Impulsados en
		su espiritualidad,

van postergando los corpúsculos reabsorbidos en el
        espacio y allí,
mientras los cuerpos son poseídos
y se fueron desperdigando
y quedando a la deriva
y otros seres se adueñan de transparentes imágenes.
Se asoman cuando el agua desdobla
y se trasluce el flujo impulsado por la inclinación
y el accidentado terreno por donde circula el líquido
        traslúcido,
ellas van manoteando el espacio
y al tanto con sus deformaciones testimonian su
        presencia,
ya que al sumergirse en lento reaparecer otro ser
        espiritual,
es como el bautizo de *Jesús Cristo* por *San Juan
        Bautista*.-
El amanecer volvió sumando ondas resurgentes,
se evaporaban en los ramajes de los árboles
que defendían su permanencia,
pues el latir furioso del viento intentaba traerlo,
la vegetación es como un ungüento salvador de los
        indios aborígenes,
pues ellos saben los orígenes de las plantas,
así como leer el lenguaje del río,
donde sus aguas cristalinas formaban el sortilegio
        de trasladar el tiempo,
van en busca del espacio único
que es el salvador.
Fui desapareciendo donde se resguardaba,
pues la rebosante corriente del agua del río

que deslizaba su traslucido cuerpo que desaparecía
     en algunos desconchados en su recorrer.
Me introduje en la maleza en busca de su
     nacimiento y me fue infructífero,
     ahora prosigo su curso rumbo a la ciudad,
     voy frotando mis pasos como el arco,
     que acaricia el diapasón del violonchelo,
     al dejarse escuchar la *Symphony N° 6 de
     Beethoven,*
     aun estás calles dormidas que voy penetrando a
     través de sinuosos cuerpos.
Voy coincidiendo con el equilibrio
     y la semejanza con la muerte y el sueño que
     disimula al escarabajo,
     se interna en la hojarasca donde se esconde su
     cuerpo en la espiritualidad que se resguarda en
     el zodiaco de *Tauro,* impulsado bajo la fricción
     del río al comunicarse con el mar, ya que es
     valorado en un sub cuerpo.
-Ella va dejando residuos de su peregrinar, allí
     acuden todas las inmundicias para esperar su
     absorbente cuerpo. Se mueve en lentísimos
     arabescos, no se evaporiza al menos que
     intervengan otros seres. La luz del astro rey se
     sumerge en sus adentros, así como la brisa
     frenética que la traslada donde al convidarla a
     sepultarla en los abrazos, semejando a la
     muerte.
-Voy comprendiendo la aparición del salto y
     termina ahogada en su propio suspiro . Se
     enclaustra y al caer en el abismo, allí agoniza y

perece, todo por ser muy escurridiza y además
en un ser de evaporación la atraviesa y la
absorbe en el preciso instante de sumergirse en
el vacio evocativo.

~*~

Rostro y fuente
duermen en agua fresca.
Luz de la luna.

~*~

Hay sustancias efímeras y perennes por la cantidad
existente, el espacio inmenso es el mismo
vacio, mientras la sombra podría retomar la
infinitud pero los dos se conjugan entre sí.
Entre ellas no se puede desprender,
abarcan la suspensión, el espesor,
así como la profundidad.
Las dos son ilimitadas,
la transparencia de ellas se suspenden de lo
absoluto del espantoso decapitar espacial.

~*~

La luna duerme abrazada, quieta sobre la vegetación
las aguas retiene su cuerpo,
también duermen las aguas confundidas
con los rubores de la muerte,
siento el secreto dormido del río,

que como una flecha transcurre entre las
sombras de la noche y los arboles vigilantes,
que van como su cuerpo invade el espacio
y su frescura revive las plantas que habitan
sobre sí.
Ebrias aguas surcan el silencio
y van en busca del vacío,
ese que se muerde ante su propia sombra
y el viento me deslumbra
al humedecer mis ojos,
y la grandeza de su ser es el umbrío del
misterio,
al ver a los nuevos muertos sonrientes,
cruzan sobre las aguas del río
y ante sus ademanes como gestos voluptuosos,
lo veo en apacible sonrisa y en su margen
aparecen las hojarascas dispersas sobre sus
aguas tranquilas,
el río va desapareciendo y se disgrega ante la
maleza alta.

La calma de la noche se disipa en el preciso instante
    que, la luz de la luna discurre sus destellos a
    través de esas nubes largas y transparentes.
Mi pensamiento junto acá, frente al mar reposa en
    los brazos de la noche que nos calma
    y bosteza en su rubor.
El tiempo con sus invisibles brazos, nos conduce a
    la calma de los bostezos de la noche,
    se refugia en el espacio,
    ya cuando el sol se aleja
    y se consume entre espuma invisible,
    lo oculta donde el tiempo es inmedible
    y el silencio subyugador,
    mientras el sueño se establece en el parpadeo
    del suspiro retenido,
    la ciudad nos aguarda y vuelve establecer la
    calma en el tiempo del infinito.

Allí el silencio se apodera y nos guía a la invisible
    sombra espacial,
    que nos llevaran a la grandeza de los fulgidos
    reflejos de la luz eterna e infinita.

14-02-20
Acuarium- San Diego 4:00 p.m.
tarde fresca.

-IV- Allegro.

El agua con su eterno vaivén me cubre y me
    desnuda dejándome al azar
    y solo estoy ante el espacio
    y el sol ofreciéndome su luz.

~*~

    Río desbordado
arrastra sensibilidad,
van suplicando…

~*~

Ella va reanudando su andar y queda estática
        el árbol que se queja de su desolación,
        cuando el vaho de la virgen sacerdotal
        y el gato blanco de paso breve desfallece
        en la azotea humedecida por la primera lluvia
        del junio.
No quiero que el canto de otra ciudad, mientras en
        mi país soy un extranjero olvidado y
        despreciado, quiero enquistarme,
        quedarme aquí,
        porque las alegrías también son mías,
        además mis muertos reposan acá,
        siempre con esa curiosidad esponjosa.
Hay un fragmento en el espacio, ya que la distancia
        es un imán giratorio en el contorno, cuando
        mis pasos prolongan los limites ante el espejo,
        profundizado en el mar que, sonríe y se detiene
        en su propio vacío cuaternario.
La flecha lanzada queda estática en la línea, en su
        tintinear espaciado, ya que no penetra en la
        gruta donde aparece la esfera circular que
        recorre las calles y solamente se detiene en el
        muro del malecón antes de lanzarse en el mar
        que la devora y después la expulsa junto al sol
        que, reposa en la línea horizontal.

-oOo-

Hay sustancias efímeras y perennes por la cantidad
existente; el espacio, es la inmensidad del vacío,
mientras la sombra podría retomar la infinitud, pero

los dos se conjugan entre sí. Entre ellas no se pueden desprender, abarcan la suspensión, el espesor así como la profundidad. Las dos son ilimitadas, la transparencia de ellas se suspenden de lo absoluto del espantoso decapitar espacial. Son insustituibles, ocupan el núcleo de lo duradero y además no puedes traspasar de una sustancia a otra, sin estar en las dos juntas.

No hay fatiga en su existencia y el tiempo inmedible, tampoco el cansancio tiene cabida en su conformación y es imposible percibir su estructura, si es que se le puede llamar cuerpos al espacio y a la sombra. Así que ellas representan a la muere en su verdadera posesión absoluta y real.

-oOo-

Esta destrucción y catástrofe que se ciñe sobre la ciudad, será que se vuelve a reiterar las profecías del Apocalipsis en las lamentaciones de Ezequiel. Sacrificium intellictus.

Derrumbe en la ciudad de La Habana – Cuba.-

Constantemente respiramos el aire circular
      alrededor de los citadinos
      que como nimbos andamos entre estos
      edificios a puntos de caer ante nuestros pasos
      golpeando estas calles angustiosas y
      quejumbrosas deformadas con sus oquedades
      fantasmagóricas.
Sentir los aires fríos parecidos de *Alta Engadina*
      con dignidad misteriosa,
      la soledad conserva y asume la espera del
      sueño, regodea los albores en las noches del
      mes de junio.
Algunas veces presiento que se aproxima otra
      catástrofe con otros derrumbes y dolores
      ciudadanos, es recordar a *Thomas Mann;*
      El pasado sólo es tolerable cuando uno se sabe

Al llegar el sonido de las campanas de la iglesia del
Sagrado Corazón, hasta las más intrincados parajes
de la ciudad, alcanzando la misma potencia de los
truenos al comienzo de las lluvias del verano. En la
inauguración de los milagros telúricos y epifanía.

No respondo al aullido de los lobos
ellos van penetrando tras la simultanea luz de la
        luna,
ella bosteza en sus fauces
y pulsan el graznido de las garzas,
que lividez se escabullen entre la hierba alta
y mientras la muerte acompaña a la noche,
ella se interna en el bosque
y los lobos son tatuados en sus movimientos,
aun persisten detenidos de su presa,
que han reabsorbido de la nocturnidad.

El líquido de sus hocicos corre por sus fauces,
que en ceremonioso balbuceo alcanzan a la muerte
en su murmullar escapatoria,
y allí entre la vegetación aparece el oso pardo
y el jabalí junto a su pandilla,
se internan en el lodo,
entreabren su transitar y la lluvia empezó a
        desplomarse,
cuando los relámpagos y truenos invadieron los
        alrededores.

Todos intentaron de refugiarse y los cuerpos,
son transparentados por la muerte quieta en la noche
en su erótica resurrección,
dejo que la lluvia se posesionara
y resquebrajara su devoción por la luna,
ella frotaba su cuerpo sobre su ennegrecida
        vestimenta.

Hubo mucho silencio,
al tanto la noche fue abandonando su cuerpo,
apareciendo un sol soplado y suave.
Su fuego alborotado vino acompañado por una brisa
        enigmática y fresca a la vez.
El perfume de la vegetación los envolvió en
        fascinante embrujo.
Me fui introduciendo donde el silencio se agudizo
y entonces pasaron los caballos
y sus cuerpos soplaban el espacio
y la muerte quedo suspendida en el signo de
        Acuarium,
iban con máscaras
y llevaban un misterioso aspecto huidizo
parecían sombras adormiladas
semejaban una eterna quietud
era como si dialogaran con la muerte.

Es un diálogo fluido al convencer al tiempo,
retomar el instante al eclipsarse la espera.
La oscuridad nos abraza al rememorar el argumento,
que trata de demostrar la existencia de *Dios*,

considerando a priori que *Dios* un ser perfecto
y la existencia es una perfección
(porque entonces será real de que existe Dios).
Me quedo estático observando el vacío,
que está ahí frente
y solo veo la oscuridad inmensa,
acompañada del silencio que me envuelve
y creo en el estado absoluto del sueño o de la
          muerte.
Quedo callado mientras el mundo va falleciendo
          ante mí.
No soy capaz de escuchar mis latidos
y aun el silencio no ha impedido,
que mi muerte sea un simple sueño
y un amanecer oscuro.

El final es inesperado,
aunque todos aguardamos ese espacio de tiempo
y por consiguiente no hay escapatoria,
no nos deja esperando.
El andar a través del mundo buscando la paz
          interna,
nos hace indagar e introducirnos por caminos
          intransitables
y no hallar nada, solo devastación y hambre
provocada por el mismo hombre,
mientras seguimos buscando,
para llegar a la conclusión que necesitamos
          encontrar otro mundo
y entonces así ganaremos en experiencias,
construyendo uno a la medida exacta

y así podremos cubrir las necesidades de todos…

-oOo-

…perpetuidad de las estaciones
        y el tiempo con su infinito cuerpo
        nos ofrece otro acercamiento
        con la muerte y la noche
        prosigue su circuito recurrente en el espacio
        prolongado en el conocimiento
        ya que era demasiado recorrer del río
        a través de los suburbios de la ciudad
        después de haber surcado desde su inicio
        en las afuera pude vencer la infinitud
        mientras los obstáculos quedaban acá
        en las cercanías con el mar
        lo aguarda siempre
        y así se comunican agua con agua
        provocando una única unión
        perpetua y firme
        como dos eternos enamorados…

¿Cómo será mañana después de haber despertado
    del sueño ?..
Aun el sueño lo tengo postrado sobre mi cuerpo,
mientras leo *El códice de Alepo* – la copia más
    precisa de la *Biblia de 1490* –

Biblia más confiada de *Alepo* – *Código* de *Dios* de *Dios* – *Ciudad de Davis* – *Jerusalen* – *Libro de Moises.*

-oOo-

Hoy me es imposible dormir leo a *Franz Kafka.*
Además oigo el *Andantino Allegro con fuoco* de *Peter Ilyich Tchaikosvsky.*

~*~

Invaden ciudad,
duermo en el acecho
en lluvia errante.

~*~

Black live matter= (La vida de un negro es importante.

-En el fondo del espacio el tiempo existe,
solo permanece el equilibrio, aprehensión a la
    imagen,
que se confunde y se pierde en la sombra absoluta,
ella va alternando con indivisibles cuerpos
que semejan la continuidad del infinito.
El silencio se disuelve en pequeños personajes,
que tradicionalmente exceptúan la disgregación.
Pues estamos en la última metamorfosis en la
    dilatación dimensional.
Estoy acá esperando una pausa que me permita

volver a soñar y que potencie estadía del
      cuerpo en estado de evaporación.
Hay una limitación en el espacio que me desorienta,
      quizás el tiempo se ha fugado y ha decidido
      reinstaurarse donde el espacio se repliega,
      llegando al final de su otra muerte.
Esto significa que estoy en el más agónico peligro
      de la existencia frente al sombro fenecer del
      tiempo pues el espacio al recibir su
      inconsistencia, ya que hubo detenerse en el
      infinito, al llegar a la pausa y al estatismo total.
Es como descender al patíbulo del sueño eterno,
      el relámpago inmenso apago su fuego
      y dejo ver su último destello de luz
      y escapa su claridad al sueño,
      va deslizándose entre nubes grises
      que se fugan entre las sombras que se
      disgregan en el espacio lejano.
Las palabras van conteniendo el fluido del rio,
      lentamente se diluye por su cauce,
      mientras el sueño arrastra el curso del
      pensamiento y apaga la pesadilla de la muerte
      que se va conmigo a un espacio lejano pero
      muy lejos y otros fantasmas que se unen,
      y aparece en los héroes y mis correr en otra
      tierra.
He tratado de despertar, pero me siento como si
      estuviera bajo un estado de sopor o traslación
      meditativa.
Intento agitar mis brazos pero no siento que he
      realizado ningún esfuerzo y mis gestos no

poseen existencia, he tentado de apagar la
lámpara y la radio, pero aun existen, percibo el
sonido del piano del concierto número uno de
Peter Ilich Tchaikovsky, pero muy tenue y se
oye el *andantino simplice.* Mientras el universo
en un estado líquido nos posee y mis
pensamientos paralizados como si mi cuerpo
esperara salir de esta pesadilla y todos los
sueños del mundo adueñándose del primer
dormir del niño y el dulzor amargo del
continuar de una lágrima y poder dormir en el
embrujo del sonido del piano.

-oOo-

Aun sigo abrazado al espacio
y otra vez
        el mar que nos moja el cuerpo
y la piel junto a la brisa que la acompaña
        sigue su misteriosa caricia a esas edificaciones
        que se nos desploman ante nuestros pies y nos
        impide el andar por estas calles por donde
        anduvieron nuestros antepasados.

Ellos están acá casi abandonados
y con una suprema dignidad
sin dejar de penetrar en las aguas
que en instantes movimientos nos bambolea
riéndose en su fulgor
cuando los reflejos de oro doblegan
los señalamientos de las luciérnagas

ellas deambulan en los alrededores
en su definición perpetua
mientras la ciudad fenece en las noches…

Otro derrumbe en La ciudad de La Habana-Cuba.-

La lluvia mortaja los cuerpos,
cubriéndoles en su secreto cristalizador y en la
    inmortalidad de su existencia,
ya que el agua siempre está presente,

ahí en su espacio absoluto.
Es la potencia viviente
ahondada en nuestro espíritu,
que se va adueñándose de su murmullo.
Ahora mi cuerpo entra nuevamente en la ciudad,
gime su devastación de sus edificaciones
y de las estructuras de sus calles,
donde los residuos de las aguas estancadas en
        enormes concavidades.
La ciudad recibe este despojo con benevolencia,
pero también hay una resignación
y es parecido como la conformidad,
pues estás aguas colaboran en las muchas más con
        la destrucciones,
así como el resquebrajamiento de sus edificaciones
        añejas
y ahora permanecen abandonadas.

-oOo-

Se desliza la mañana en el último recodo de la
        ciudad,
las sombras van apareciendo y es como si llevaran
        máscaras,
van evadiendo el secular enigma,
cuando las aguas enfrían los arrecifes que bordean
        el malecón enloquecido,
se deslizan, mientras mis manos que quisieran
        abrazar todo lo que nos rodea,
voy balbuceando mis oraciones a los *(3)Orishas,*
proclamo los preludios en lisonjera espiritualidad,

donde en semicírculos danzantes con suma destreza
al sonido de los tambores *yorubas*,
proyectándose en sortilegios memorables a los
eternos *otanes (4) (*piedras bautismales),
así como a los caracoles irradiados de zumo de
plantas sagradas y los atributos ofrendados de
los animales ofrecidos a los santos y demás.

-oOo-

Es contemplar el mar desolado, vacío envuelto en su
cuerpo lleno de mitos, mientras ante los pies de la
ciudad que se ciñe entre sus invasiones, sobre las
calles carcomidas donde permanece el agua
estancada y el olor pulula en el espacio, cuerpos
llenos de sueños y su pasión provoca emociones,
transformando la belleza en un aspecto devastador y
lleno de humedad y la ruindad que nos envuelve.
Ya que el equinoccio aparece en primavera
como el solsticio aparece en verano
al ver aparecer las dodecafonismo que son los doce
sonidos
constelaciones – signos del zodíaco
el inminencia del género humano
al percibir aquellas campanulácea y las licénido
coloridas
pensamientos silvestres, belloritas
margaritas, primestas amarillas y rojas.
Era volver en que zona de la ciudad estaba en ese
momento,
es lo expresado por *San Ignacio: pudoris el*

110

confusiones sensum-

-oOo-

…el agua arremolinada se oscurecía
y el mar casi inmóvil
espera que aparezca la brisa estática
extasiada en su soñolienta contemplación
las nubes colgadas en el espacio
semejan el suspiro de la muerte
ellas quedan reflejadas sobre la superficie marina
hundidas y des mascaradas ahogadas sin cuerpo
mientras la luna quedaba sola ahí en su espacio
y lentamente se fue opacando dando la bienvenida
        al sol con sus rayos neutrinos en la línea
        horizontal
veo como mi rostro se fue apagando
observo alrededor de mi cuerpo
y solo percibo la sombra de otro cuerpo
voy alejándome y desaparezco entre otros
        obstáculos
trato de parpadear y estoy ahí…

-oOo-

Los pasos grises
duermen en noches claras.
En plenilunio.

~*~

Ella se regodea

1
1
1

ahí frente al resplandor.
Se mueve el mar.

~*~

BLACK LIVES MATTER

-----------*-----------

Gustav Mahalev

---Aun sigo soñando en el regreso de los fantasmas cuando oigo s Gustav Mahaler en la 2ª y 3ª Sinfonía Adagietto de la 5ª y la 9ª, así como su inacabada Décima, la cual fue escrita estás cantatas, música de cámara o sus canciones. Era austriaco y además judío. Creía en el multiculturalismo, nació bajo el signo de cáncer 7 de julio en 1860 en Kalisclit. Su primera sinfonía enfocada en la muerte de sus hermanos y otra Titán, incorporando marchas fúnebres irónicas, al ver la indiferencia de los borrachos al ver salir los cadáveres hacia el cementerio. Hizo una verdadera vida artística en Viena.

------------*------------

Partitura de Gustav Mahaler de la Sinfonia N°2.-

Se deja arrastrar la música sobre el espacio

1
1
3

ella alisa los obstáculos que intentan interceptarla
aunque el ecos queda congelado
y descansa y se deja llevar al interior
donde la ciudad inexplicable queda en un gesto
que flota y tiembla en su esplendor
hay un acumulamiento de escombros
después de haber presenciado otro desplome
        habitacional
todo quedo ahí boca arriba anudado entre cuerpos
mientras el polvo se va discerniendo en el espacio

~*~

        …el agua abriga
encapuchada junto
en lo oscuro…

~*~

-El ruido nos lleva en noches que se adelantan ante
        el andar
al ver el agua escurrirse entre la hierba seca
en ermitaños parajes
al percibir imperceptibles ruidos al vaivén de los
        arboles
que provoca la brisa venida del suroeste
detrás de la ciudad están las montañas y espeso
        follaje
las reminiscencias de las edificaciones
y nuestro andar entre calles desiertas
y solo hay puertas cerradas

y el viento que trae el mar filtrándose
y escapa la húmeda lluvia hundida en charcos
y mientras el silencio encorva su prudencia
y el éxtasis de obituarios extraviados o perdidos
y volveremos a visitar los antiguas tumbas
y sólo habrá un gallo que despierta al vecindario
y vendrán nuevamente las golondrinas a visitarnos
y las veremos partir por otro rumbo incierto…
-ahora déjenme acercarme para observar el mar
bamboleándose ante el crepúsculo y el viento que
        nos cruza con un guiño de ojo y sonríe va
        muriendo porque se asemeja a nubes voladoras
        pero el tiempo presente siempre nos observa
        y fluye en su propia renuncia de desaparecer

El señor de callada voz
va olvidando sus pasos dejados
parece que lleva la piel de un leopardo
medita sobre el esplendor de la luna en plenilunio
desea saber si las nubes que merodean
traen la lluvia que cayó con su traje azul
ronda sobre la ciudad ataviada con la luz de *Venus*
suplicándole con serena voz al viril *Tauro*
que salmodia suplicas con un estribillo gorjeante
dejo de expresarme
negligencia del silencio
insatisfacción del amor
escalo la escalera
hoy diviso la ciudad envuelta en tinieblas
hubieron otros derrumbes
retorciéndose todas la estructuras

dolor desenfrenado
ahora la lluvia cae – provoca encharcamientos
mis cabellos encanecidos
las puertas abiertas
columnas retorcidas a punto de caer
paredes cuarteadas
meciéndose las cortinas rotas
ropas colgadas en balcones
parecen banderas deshechas
escombros diseminados
múltiples colores fulguran
paisaje gris en todas sus tonalidades
calles con heridas profundas
dolor humano están olvidados en su miseria

calles con heridas profundas
humo y polvo flota sobre el espacio

color violeta anda caminando
mientras la ciudad llora sobre sus despojos
palabras ahogadas y quedan flotando
conversaciones susurradas
inexpresivas y muertas
ciudad en tinieblas
andar temeroso
no puedo andar entre edificios
temo mucho perecer o ser golpeado
el tiempo
      el tiempo me ofende no quiero rendirme
      me niego a callar
      exijo libertad de expresión
      por pensar distinto a lo impuesto

¡Oh La Habana!
I'can breather...

La Ciudad de La Habana Actual –

Cuba.------------------------------------

-V- Alegretto.

…esperar detrás de la profundidad – y la
     ciudad oscura reflejando estado de vacío
acompañado de la luz quieta e interna
paralizado y padecer al ser golpeado y
     maltrecho
y la eliminación del futuro
y es el presente hoy abandonado
y estar encadenado en la palabra y la acción
e intentando de cambiar
y a la vez de proteger lo hermoso
y el entretejido de cuerpos insinuándose en la
     ciudad
en caprichosos y efímeros gestos
arremolinados n los contornos de la ciudad
     oscura y solo en su sueño
replegada al borde del malecón mirando su
     fenecer
en aletargadas sombras reclinadas mirando al
     espacio
en la oscuridad de fachadas grises y húmedas
donde se ocultan los fantasmas errantes
pues ellos se trasladan entre subterfugios
     huyen
mientras descienden en las escaleras
que los han transformado entre notas musicales

y los violines quedan inmóviles
prolongándose por el impulso y por el sonido
        de los oboes
y la serenidad aparece escrutada sobre paredes
        cuarteadas
y otra vez intentan engañarnos
y la sabiduría de los ancianos nos alumbran
y vuelve la oscuridad aparecer callada – sola
        en su refugio entre esas calles que
        interceptan nuestros pasos
y la luna ausente de luz
y las nubes grandes y grises la enmascaran
es como el purgatorio caliente
la ruindad de la carne
y el ser queda absolutamente solo sin palabras
podría ser posible encontrar el llamado camino
        perdido
hay de aquellos que aceptan lo inaceptable
es lo expresado por:*Thomas Stearns Eleot* en
su libro *La tierra Baldia.* Poem *Litte Giolding*
(Pequeños vértigo).

Accepthe constitution of silence
And are folded in a single party
(Aceptan la constitución del silencio
Y se enrolan en un solo partido)

-oOo-

…Se estremece el espacio y ahora aparece el
vacío y los capullos crecen y llegan y tocan y

embisten lo más alto, donde nuestros ojos no alcanzan, simple ebullición de las viviendas que están bajo el fuego implacable, hay demasiado humo, tintinean las luces en el espacio profundo, estamos bajo un silencio fantasmal compuesto por un río largo y por abundante agua y existen cascadas y es muy enrevesado y descubre que arrastra muchas sustancias orgánicas y otras desconocidas y su afán enloquecido es llegar hasta el mar y quedar allí en abrazo con las otras aguas y el río oculta muchas cascadas y se pasea entre caseríos y ciudades muy poblada y recorre praderas ocultándose en la vegetación compacta y así se interna donde hay niños que juegan en sus aguas claras y quietas hasta perderse en el profundo mar de olas grandes…

-oOo-

Ahora desciende el humo que invade las calles
    y el campanario de la iglesia del Carmen
    deja escuchar su repicar en los
    alrededores de la ciudad trasladando entre
    el musgo que va acercando las fachadas
    la memoria del viejo salta y encuentra los
    recuerdos que casi había olvidado y
    abandonado en un viejo cofre era la época
    de las guerra acompañadas de hambre y
    penurias de presenciar niños descalzos
    con dientes carcomidos y vientres inflados

con sus cuerpos raquíticos

Derrumbe en la zona de La Habana Vieja – Cuba.
Junio- 2020-

-oOo-

…era la muchacha de trenzas largas y
         senos grandes
ella ríe y retrocede se sentía nerviosa
honestamente yo quería huir de ella
nos miramos sin expresar palabras

corrimos hasta la manigua
hicimos el amor
como si lo hubiéramos estado acostumbrados
se apaciguaron los ánimos
y nunca más volvimos habernos
paso el tiempo y nos cruzamos en una calle
        olvidada
iba acompañada de brazos con un hombre
        mayor que ella
cruzamos la mirada
llevaba un niño de brazos
ella me miro y sonrió igual de cuando entonces
aparte mis ojos de su cara muy más bella que
        antes
paso un remolino y llevaba mucho polvo
nublo mis ojos
y me acorde que era el mes de junio
al abrir mis ojos ya habían desaparecido…

-oOo-

-La palidez de la ciudad semejaba como si
        llevara un disfraz
ella hui intentaba fundirme en el cuerpo de las
        fachadas que me rodeaban
pude recordar que solo el tiempo
forma la calma y la lucidez
aunque el pasado y futuro te hayan provocado
        debilidad
sombras convertidas en surcadas fachadas
distracción aletargada del viento y la tristeza

voy descendiendo una perpetua soledad
no he podido evacuar la perturbación
la ciudad se me desploma en mi andar
es la perpetuidad de sus pulmones colapsados
árboles tristes casi muertos
arremolinado polvillo de fachadas caídas
pululan ante nuestros pasos
viento venido del mar desciende y arrastra
        inmundicias
es un mundo sin sentido y perpetuado en el
        olvido
las inmóviles campanas ahogadas tristes y yertas
muchas nubes negras ocultan el sol
a veces intento romper el sitio y se acrescente
y lo percibo deslizarse en fúnebres rincones
muy escondidos y se ocultan a sollozar
procuro recorrer parajes casi olvidados
y no los encuentros
quizás ya no existan
han huido a otros lugares de aspecto
        desconocidos
el tiempo transcurre y perece o simplemente se
        fuga
algunas veces pienso que soy el único
        espectador
que se asombra del refunfuñar de la ciudad
inmóvil en su tiempo y que casi se ha perdido
deseo distinguir imágenes que ya no existen
lugares de cuando mis antepasados visitaron
y siempre regreso al lugar baldío
donde su tiempo es intemporal

con su aspecto devastador y deshecho
retorno a mi estancia sollozante
con mucho consuelo desconsuelo
y sobre todo sumamente triste
mi ciudad se ha quedado en tentativo perenne
soy un tambor sin sonido o un ave sin alas
rústicos parajes pululan en un estado desértico
donde antes existió una bella edificación
se pueden apreciar devastaciones y ruinas
donde duermen solemne insectos
y la destrucción gira intolerable en la miseria
en solo pensar en esa falsificación del ser
es la conjugación de manos apoyadas por los
        brazos
ejecutando labores de infinidades de labores
alzando el conocimiento del ser humano
sintiendo hechizarnos al ver las estrellas
        tintinear
desplazadas en el infinito astral donde lloran al
        deslizarse
criaturas maravillosas triunfantes volando ante
        nuestros ojos postrados en el vacío
era desagradable mirar los edificios hechos
        ruinas y la zarza ocupando las áreas
        aledañas.

-oOo-

…la ciudad es hechizante en su hermosura
        eludir la sabiduría y vivir sin temor ante las
        calles desiertas

observando esas fachadas embotadas y húmedas
percibir como se desmoronan techos y paredes
muros y columnas a punto de caer y caer ante
    los paseantes
el rocío nos inmoviliza al deslizarnos en el
    andar…

-oOo-

…la música es la sucesión del tiempo
va alargándose y busca la distancia
frotar una manos contra otra

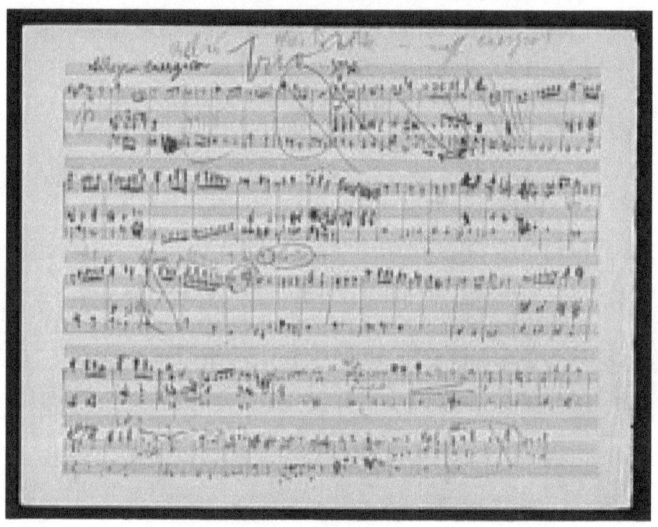

Manuscrito de la 6ª Sinfonía (La Pastoral) de Ludwing Van Beethoven.

acecha el espacio y escarba entre la ceniza
        ardiente
iremos colocando lo hallado sobre el césped
y hay un fulgor asombroso frente al mar
que se enfoca a la ciudad que duerme en su
        proclamación
ella conoce sus penurias que la agobian
desciendo donde hemos dispuesto las
        alfombras
constantemente suena en mis oídos el cantar de
        Kathreen Battle la gran soprano la pieza
        Friilingestimen Op.410 es el *Welzer* con
        Música de *Johann Strauss,Jr.(1825-1899)*
        con la orquesta *Philharmonic the Vienna.*

~*~

…musitar unas cuantas palabras sobre algunas
        tumbas pues sus desechos ya son polvo y
        un recuerdo casi olvidado
        son la edificaciones que han caído
        devastadas y en sumo silencio
        pues habían dejado de existir ocasionado
        por una fuerte lluvia de junio
        y después del agua apareció el sol
        y lo recibimos con impotencia los
        desplomes…
        …aun sigo transitando a través de esta
        ciudad envuelta en sus aforismos y
        sueños olvidados
        no se si soy un fantasmagórico de esos

que van conmigo en todos los instantes…
~*~

…vacío regreso
la muerte junto a mí
que me acompaña.

~*~

…germen y forma
simbolismo de la flor
antes de morir…

~*~

La ciudad envejece por instantes
pues sus vetustas edificaciones
el tiempo no ha sido benévolo
hoy empieza el mes de junio
y la ausencia se despide
va acompañada de la noche que la envuelve.

Ya que el reposo de la muerte
es su propio fenecer
y su única pasión
al descubrir la transustanciación del símbolo
pues las ideas requieren ser descubiertas
a la que tan siquiera se puede pensar.

Ya que ese ser invisible
que es la sombra

es capaz de ocupar otro espacio
por eso amo a mí sombra
tal como hizo *Montaigne* que amo a la suya.

…perpetuidad en la música que nos arrastra
y la configuración del silencio tiembla
mientras la forma ante la luz desfallece en el
        instante
que propicia el aburrimiento y la inexistencia
        del vacío absoluto
bienvenidos al palpitar la orquesta dejándose
        escuchar a la cantante *Alberta Hunter* en
        los años (1895-1984) en la pieza *Without
        a Song (goumans/ Rose/ Eliscu)* con
        Gerald Cook and Jimmy Lewis.

Nos humaniza en su arrojo y su gran
        humanidad.

Ahora se deslizan los lánguidos suspiros
        nocturnos
        quisiera testimoniar ese gran abandono
        fluyente
        y lamentablemente observamos estos
        derrumbes de nuestra ciudad admirado en
        épocas anteriores
        es lamentarnos y quedar de manos
        cruzadas
        quisiera dejarme arrastrar y solo estar
        contemplando el río en su deslizar
        humedeciendo sus márgenes y verlo

arrastrar por su sendero suave los
desperdicios hasta verlo donde sus
aguas mueren en su fluir
es como la espada que se introduce en su
vaina
mientras sus aguas en lánguido naufragio
reposan
y quedan ahí en su estado adormilado
esperando por la brisa que la despierta
y su andar en un fulgurar de su cuerpo
ella convidó a las chicas de senos
desnudos y palpitantes de una radiante
luna al frente formando un conjuro
inexplicable que tiemblan por un ceñido
trueno en los días de lluvia de junio
gruñen en el umbral de sus aguas heridas
se desplazan por un sendero sin rocas
por eso no se detiene el líquido traslucido
ella es capaz de rodar a través de

-Rio Almendares de La Habana- Cuba.-
montañas y caminos áridos serpenteando
su cuerpo mirando su silencio es una

agonía perpetua y alucinante.

*¡A es el río Almendares que surca nuestra
ciudad!..,*

eres bendecida en mis pensamientos y al
detenerme ante tu imagen bondadosa me
resigno a contemplarte con un suspiro
ahogado

   …ahora vivimos
mirando tu deslizar
encapuchado…

~*~

- Catedral de La Ciudad de La Habana-Cuba.-
~*~

…reminiscente campanear de nuestra catedral
escurriéndose entre el silencio que bordea
la ciudad y quedo callado en estado

contemplativo percibiendo el inmenso
vacío que se escurre en las edificaciones
caídas ausente de sus habitantes ahogados
en su existencia hundida
pues ya no saludare ni veré a mis vecinos
de siempre y los chicos recorriendo su
barrio y este silencio me hace recordar la
ausencia de *Marcel Proust en la puesta
en el ballet Proust Remembered (Finale)
con coreography de Roland Petit music
from the opera Rienci by Richard
Warner solists of the Ballet Opera
National de Paris.-*

…y siempre seguirá marchando y abrigado por
la vegetación salvaje que lo cuidara en un
lamento maternal…

-oOo-

…desde el interior de la ciudad en ocasiones
escucho una manifestación melodiosa y
hermosa melodía
se le puede oír como una especie de un
susurro parecido a un gemir de un
inexplicable decir
el viento levanta el polvillo que es capaz
de provocarnos una ceguera alucinante
obstaculiza el lenguaje que la población
necesita expresar
y ese silencio reverenciado en el espacio

132

y las lluvias caen sin producir ruido
aparente
en ocasiones se detienen no sé si es por el
agua
o la soledad en la cual estamos sometidos
ya que el agua
queda estancada
quieta en su espacio
callada casi ahogada
detenida dentro de las oquedades
son calles estéril
en el umbral gruñido
algunas veces preguntamos
que vamos hacer
con el deterioro existente
y la hierba alta
ella resguarda inmundicias
evoca a la muerte en cada extremos de la
ciudad
imaginar los nuevos rumores del mar
palpar su reconciliación
y escuchar con dulzura su voz…

-oOo-

…era ver a la luna abrazada y yo contemplado
aquella sorpresa como si estuviera en otro
espacio del gran universo
y el vacío me rodeaba siendo poseído
por un resplandor de la luz blanca
en un explícito éxtasis sobre terrenal

me sentía encadenado pero con una
felicidad inusitada entre arboles y sombra
la luna abrazada
y su luz me resguardaba
estaba entrelazado en su humo
descendido

el atardecer suspendido y muerto
escarchado en un invierno que nos abraza
nos presta su nuevo conjuro
es inimaginable que el viento se disipe
y la ventisca regrese entre callejuelas
oscuras de la ciudad resguardada
y poder andar entre edificios grises

134

y la ciudad
      sentir el disfrute
      y la satisfacción
      al andar y percibir
      un rubor y la brisa fresca
      filtrada venida del mar
      a pesar de estar en reposo
      y suspendido en el espacio
      y estar frente a la iglesia
      del Carmen que tanto le
       gustaba ver mi abuela, pues así
      se llamaba ella

-Iglesia del Carmen-Ciudad de La Habana-Cuba.-

…al fin he llegado al centro de la ciudad

1
3
5

intento redimir la humillación
de su devastación
su *Epifanía* en 6 de enero cualquiera
ese día regalaremos la flor
que es la mariposa símbolo nacional
y las fiestas serán múltiples
pienso en el olor de la cascara de la
        naranja
que nos dejara el espacio oloroso
experimento la sensación de imaginar
la felicidad y el pensar en el fervor
        popular
que inminente lamento
que en calamitoso naufragio que flota en
        el país
siento un rugido bostezo del mar
así como la brisa se va disgregando
en los alrededores y así veo a la gaviota
        inclinar su pico
y así se lleva su manjar que ha arrebatado
del anzuelo del pescador
al tanto el aliento se nos escapa
en un suspiro ahogado en el espacio
parecido al aullido de los lobos en el
        bosque
la niebla venida del noroeste
es como el hocico del oso que merodea la
        zona habitada por los hombres
el oso viene en busca de su comida en los
        tanque es cerrados
echamos andar entre estás calles cubiertas

de hollín
donde se deslizan las noches de junio
lluvioso expulsando el vapor
pegajoso que se duermo en nuestra
piel
calles resbalosas y el tiempo ceñido sobre
cuerpos sudorosos
me preparo para levantar escombros de
ese edificio que acaba de
desplomarse como muchos otros
no me atrevo a expresar palabras – solo
callo y observo
pienso en esos niños y mujeres llenos de
polvo
y el humillo de las chimeneas me
producen ahogo insoportable
calles con el crepúsculo sobre sus
adoquines
la música de la *6 Sinfonía de Beethoven*
suena en mis oídos constantemente es un
sueños perenne
es sentir la sensación de infinidad de
alfileres sobre la piel
la noche se nos vino encima
suelto mi brazalete de obrero y camino
entre la ciudad no se a donde voy
solo sé que camino en busca del fin de
todo
mientras los arpegios musicales de la
Pastoral persisten.. .
…el mundo ignora que acá la muerte insiste en

cercarnos el camino que nos espera al
      frente
es como si ya no existiera la primavera
ella transita con sus pasos silenciosos
y ni tan siquiera la vemos pasar
ya perdimos los atributos de conocer su
      brisa
y el olor de los arboles al florecer así
      como a las mariposas con su bello
      coloridos y su revoletear ante la
      floresta…

-oOo-

Derrumbe en La ciudad de La Habana – Cuba.-

…al algunas veces ignoro el silencio del vacío
      y la sabiduría de la gente de la ciudad
      así como el repicar del campanario de la
      iglesia de las *Mercedes* durante los
      días 24 de septiembre

todos los fieles yendo vestidos de blanco y
        con ramos de flores blancas
        preferiblemente azucenas…

…se pueden desmoronar ciudades
        pero sus habitantes no deben morir
        no admiro esos que se disfrazan de mojes
        o soldados y muchos menos de dictadores
        y destructores de ciudades y pueblos
        esos solo desean ampliar sus arcas y
        desaparecían a los pueblos…

…dejadme andar entre estás calles piedras
        grises donde parecen estar ordenadas
        como paredes resguardadas de viviendas y
            hogares
…dejadme seguir andando entre estás calles
        que hemos construido para bordear los
            edificios
…dejadme aproximarnos ante el desvalido y
        sentir como escuchar sus demandas ya que
            todos juntos traeremos la paz que nos
            han usurpado todos estos dictadores y
            tiranos
…ahora todas las aguas en un mismo sitio casi
            olvidadas ahí en su vacío que es la
            nada
        palabras dichas a los vientos perdidas
…dejadme despertar y apartar la niebla que
            nubla mis ojos
        quiero ver esas aguas ahí reunidas en el

sueño que no debemos olvidar
…dejadme besar tus labios con tu boca
        entreabierta
        quiero sentir tu miel
…dejadme ignorar los sucesos perdidos solo
        deseo dejar filtrar en mis oídos
        el cantar del sinsonte en el pinar así como
        el fluir de la brisa de junio y el batir de las
            olas rebasando el muro…

…aguas infinitas perdidas en los océanos y
        mares se acercan a nuestras orillas y
        arrastran las arenas ignoran la flotación de
            cuerpos desnudos que han escapado
            que han escapado y quedamos
            callados y las aguas continúan
            llevándose nuestros cuerpos ya
            muertos deshechos de sus ropajes
        siento un profundo abandono
        mientras quedamos a la deriva
        desdeñados en inexplicables soledad
        y ya estamos muertos no hemos llegado
        y solo somos flotadores cuerpos
                            cuerpos sin
                                semblantes
                        cuerpos que no
                                son disfraces
                        cuerpos que ya
                                son rostros
                                y desnudos
                        cuerpos

carcomidos
cuerpos
abandonados

…he susurrado algunos arpegios de la *Sinfonía
#6 de Ludwing Van Beethoven en Fa
Mayor Op.68* con la misma osadía de
musitar musicalmente a mi manera
desafinado pero con alegría
*La Guantanamera de José (Joseíto)
Fernández Díaz* allá en el barrio de los
Sitios entre un trago de aguardiente
mientras me interno en el barrio y me
saluda el *babalawo* que dio los
guerreros…

…sueño al ver caer la noche como si fuera el
        prime amor
y los arpegios de la *Sinfonía #6* en el
        Allgreto
y el andar me provoca esa sensación de
        triunfo así como ufano
y así olvido el vacío que tenemos en
        nuestra ciudad poseída de un secular
        silencio
pero aun persiste el sonido el sonido de la
        música
y mis pensamientos usurpados y atrapados
        por suspiros
y nuestra ciudad es mucha ciudad para ser
        silenciada

y no importa que voy soy atrapado dentro
    de una de una llovizna de junio
y mis palabras se aproximan al placer
    infinito
ya que estoy acá dentro de la capsula de
    mi ciudad

…la perpetuidad de las estaciones y el tiempo
    en su infinito cuerpo nos ofrece otro
    acercamiento con la muerte
    y la noche prosigue su circuito
    recurrente en el espacio prolongado
    en el conocimiento
    ya que era demasiado recorrer del río
    a través de los suburbios de la ciudad
    después de haber surcado desde su
    inició a las afuera pudo vencer la
    infinitud de obstáculos hasta quedar
    acá en las cercanías con el mar que lo
    aguarda siempre y así el río entre
    suspiros se va comunicando y sus
    aguas provocan una unión parecida a
    los siameses quedando ahí en la
    perpetuidad como dos eternos
    enamorados…

Reja del Palacio Aldama. –Ciudad de La Habana. Cuba.

-oOo-

…mis ojos viajan casi moribundos en estado de
       cataléptico configurando sueños
       desdeñados buscando el símbolo de la
       muerte que nos acecha
       además entre la devastación de la ciudad y
       la soledad y el enorme silencio que nos

rodea
pues los últimos parajes los encontré
andando en los suburbios abandonados y
casi olvidados de la ciudad
también he rogado sobre estas tierras
diseminadas donde su aspecto es
calamitoso y desdeñables
ahí los escombros y el polvo poluciona en

-Derrumbe en La Ciudad de La Habana – cuba.-

su propio espacio
ellos yacen sobre las demoliciones
el viento refleja el suspiro de sus
        habitantes y el enorme pesar
mis pasos me van musitando en mi
        interior una leve y húmedo acariciar
        ante el espacio que voy sintiendo
        sobre mi rostro abrumado y con unos
        deseos inmensos de llorar y de gritar

a todos los viento hasta cuando
tenemos que soportar esta miseria

...la ceniza de la muerte disgregase
            desesperadamente en los alrededores
            de la ciudad inundada en su propio
            cuerpo
        mientras la arena de la benévola puede
            poblar todo el paisaje en su
            intemporal instante cuando el agua
            ocupa gran parte de la ciudad en las
            inciertas mañanas que nos parecen
            interminables y el llameante asfalto y
            un sol que golpea el contorno urbano
            es recurrente y osado se presenta
            presuroso lleno de ansiedad
            persistente empujado por un ser
            invisible y con súbita actitud invade
            los parajes insospechados como un
            fantasma presentase con
            inidentificable rostro con un fuego en
            su cuerpo que nos invade asume una
            entidad parecida a cualquier pariente
            o alguien conocido por eso entra y
            sale no sabríamos decir quién es y
            sobresale a ser un cuerpo semejante a
            otro cualquiera

...ahora aguardo el verdadero rumbo a seguir
        ruego que podamos recuperarnos de todos
            estos achaques y de la gran

devastación que implacablemente nos
invade

…¡ oh, ciudad!..,
      jamás te dejare en tu destrucción
      aquí me tendrás por siempre…
…aun soy un peregrino consciente de la
      fricción que te ocasiona la insipidez de
      la oscuridad que se ciñe sobre la ciudad
      acompañado del silencio que nos devora y
      envuelve desfigurando el espacio que aun
      nos queda por recorrer en esta ciudad que
      amo
…¡miren!.., el desvanecer del día y el sol que
      nos deja transfigurado en la redonda luna
      que aparece con indiferencia
      todo saldrá de inmediato
      transfigurado y renovado
      al aparecer la acción del sol
      genio absoluto de la vida
      ofreciéndonos su gran bondad
      encontraremos un modo de libertad
      y será el futuro
      y los arpegios de la *Sinfonía N° 6*
      de *Ludwing Van Beethoven en Fa mayor
           Op.68*
      transfigurado en nuestro himno
      recomendable para aliviar el dolor
      y la muerte semejara la vida
      y levantaremos la nueva ciudad
      entre estos escombros

toplayalong.com
Violin
Pastoral Symphony
Main Theme
Beethoven

Allegro ma non troppo
p
9
f
15
p
cresc.
20
f
dim.
pp
26
p
31
37
f
ff
44
49
rall.

-oOo-

fin.

25-06-20.

Bajo el signo de Cancer (El Cangrejo)

GLOSARIO-----

(1)-
Estinfálidas.-
En la mitología griega, las aves del Estínfalo eran unas aves que tenían picos, alas y garras de bronces, cuyos excrementos venenosos arruinaban los cultivos y también eran carnívoros. Poblaban la región y el bosque alrededor del lago Estínfalo. Euristeo comando entonces a Heracles que acabase con la amenaza de dichas aves, como pacta los doce trabajos de Hareacles, ya que en ocasiones atacaban al ganado o a la población. Heracles se dirigió ak Estinfalo, y así se encontró desolado pues la misión era especialmente para sus flechas y su legendaria fuerza no le servía de nada.

(2)
-Capadocia.-
Miles de años han creado singulares geológicas que convertían en Capadocia en uno de las principales atractivos turísticos de Turquía ciudades complejas excavadas en las rocas y sus valles.

(3)
-Otanes.-
Piedras bautismales.

(4)
-Orishas.-
Santos yorubas, africanoscubanos.